KB271105

평양기생 왕수복

10대가수 여왕되다

기생이 쓰는 기생이야기

평양기생 왕수복

10대가수 여왕되다

신현규 지음

경덕출판사

차례

평전을 시작하며 ● 6

제 1 부   **왕수복 평전**

1. 평양 기생학교 시절 ● 14
1917~1931년 ; 1~15세

2. 첫 전성기, '10대(大) 가수'의 여왕 ● 38
1932~1939년 ; 16~23세

3. 성악가 길에서 만난 두 남자 ● 78
1940~1952년 ; 24~36세

그에게 보내는 편지 "내 인생의 아픈 사랑에게"
— 이효석 선생을 그리워하며
내 인생의 두번째 남자, 한때는 노천명의 약혼자이던 김광진

4. 두 번째 전성기, 북한 민요가수 여신 ● 90
1953~1965년 ; 37~49세

5. 체제 선전을 위한 삶의 마무리 ● 104
1966~2003년 ; 50~86세

제 2 부　**왕수복 관련 자료**

1. 평양 기생학교 관련 자료 ● 118
2. 첫 전성기, '10대(大) 가수' 여왕 관련 자료 ● 146
3. 성악가 길에서 만난 두 남자 관련 자료 ● 186
4. 두 번째 전성기, 북한 민요가수 여신 관련 자료 ● 194
5. 체제 선전을 위한 삶의 마무리 관련 자료 ● 200

제 3 부　**왕수복 연보**

1. 왕수복 연보 ● 218
2. 왕수복 노래 작품 목록 ● 225

참고문헌 ● 239

평전을 시작하며

평전을 쓰려면 두 종류의 시각을 동시에 갖추고 있어야 한다. 하나는 망원경처럼 전체를 조망하는 시각이고, 다른 하나는 현미경처럼 부분을 분해하는 시각이다. 여기에서 전체란 대상 인물이 살았던 시대를 의미하고, 부분이란 그 대상 인물의 삶을 뜻한다.[1]

사실 전체와 부분의 관점을 유지하는 것은 어렵다. 한 개인의 일생을 저술하는 평전은 치밀하게 밝힐 수 있는 모든 것을 대상으로 인물의 삶을 들여다보는 관점이 더 중요하다고 생각하기 쉽지만 사실은 그렇지 않다. 평전의 대상이 될 정도의 인물이라면 개인적인 삶보다는 시대적인 삶을 살았을 가능성이 더 높기 때문이다. 물론 왕수복이라는 인물도 개인적 삶이기 전에 시대적인 삶이 더 컸다.

그리고 그가 처했던 시대적 상황 속에서 어떤 행보를 걸었는지는 평전의 아주 중요한 주제로 흘러간다. 그렇다고 해서 시대적 상황에만 자세하고 평전 대상 인물의 인생에는 소략하게 되면 그 균형감이 그리 좋게 여겨지지는 않을 것이다.

평전은 어떻게 보면 한 왕수복이라는 인물을 통해 일제강점기와 광복 전후, 그리고 한국전쟁, 북한의 최근까지 그 시대를 바라보는 것이기 때문에, 세밀하게 들여다보는 듯한 인물에 대한 분석이 없다면 이 또한 무미건조하다.

사실 일제 강점기 35년은 우리 민족의 장구한 역사상 단 한번 있었던 민족의 정통성과 역사의 단절의 시기였다. 식민지적 경제의 파행성과 왜곡된 근대화 과정 등으로 정치·경제·문화·사회 등 여러 분야에서 심각한 후유증을 남기게 되었다.

왕수복이 태어난 시기는 한민족의 3·1운동에 위협을 느낀 일제가 종래의 무단정치 대신 표면상으로는 문화정치를 표방한

때였다. 서둘러 관제를 고치고 조선어 신문의 발행을 허가하는
등 타협적 형태의 정치를 펴는 듯하였으나, 내면으로는 민족 상
층부를 회유하고 민족분열 통치를 강화하였다. 이러한 문화정
치의 소산으로 『조선일보』, 『동아일보』, 『시대일보』 등 한국말
신문이 간행되었다. 그 시기에 왕수복은 12세에 평양 기성권번
의 기생학교에 입학하게 되고 졸업 후에 레코드 대중 가수로 진
출하기 위해 자의, 또는 타의로 준비하게 된다.

왕수복이 첫 전성기로 '10대 가수' 의 여왕이 되는 1930년대는
만주사변을 일으켜 중국 대륙에의 침략을 개시한 일본이 한국
을 그들의 침략전쟁 수행을 위한 병참기지로서의 역할을 강제
하는 시기였다. 1937년에는 중·일 전쟁까지 일어나게 된다. 그
해 21세의 왕수복은 폴리돌 레코드 회사와 결별하면서 일본 우
에노 동경음악학교의 벨트라멜리 요시코에게서 조선민요를 세
계화하기 위해 성악을 전공하게 된다.

그러나 1941년의 태평양전쟁으로 일본이 한국의 인력과 물자
를 강제 동원하여 전력화한 전시 동원기에 왕수복은 가요계를
은퇴하게 된다. 당시 학교의 조선어과를 폐지하고 조선어의 사

용을 금지하였으며, 창씨개명제도와 한국말 신문을 폐간하였
다. 조선어학회·진단학회 등을 해산시킴으로써 민족문화의 말
살을 꾀하였다. 더구나 대중 가요계에서도 우리말로 노래를 부
르지 못하게 하는 상황을 피해갈 수 없었다. 왕수복은 여기서 사
랑을 택하게 된다. 바로 영원한 사랑 「메밀꽃 필 무렵」의 작가 이
효석과 평생 그늘이 되어준 지아비로 인연을 맺는 보성전문, 김
일성종합대학 경제학 교수 김광진이다.

일제의 조선 지배는 시대에 따라 다소 정책의 변동이 있었으
나, 일관된 정책은 효율적인 식민지배를 위한 탄압, 영구예속화
를 위한 고유성 말살 및 우민화, 철저한 경제적 수탈 등이었다.
결국 일본의 패망은 우리에게는 35년에 걸친 식민지생활의 질
곡에서 해방되었으나 전쟁 후처리과정에서 확정된 38도선은 국
토분단과 민족분열이라는 커다란 비극을 안겨 주었다.

왕수복도 예외는 아니었다. 혼란스러운 광복 전후에도 고향
평양에 머물면서 오해 아닌 오해로 납북 또는 월북인사로 취급
되어 1930년대 대중 가요사의 중요한 위치를 인정받지 못했다.
비로소 최근에 해금되면서 왕수복에 대한 여러 성과를 확인할

수 있었다.

　6·25전쟁의 3년간에 걸친 동족상잔의 전화는 남북한을 막론하고 전국토를 폐허로 만들었으며, 막대한 인명피해를 내었다. 북한은 전후 처리 작업을 하면서 '한국전쟁'을 '조선 해방 전쟁'으로 규정하고 사회주의 건설을 본격화 한다. 왕수복은 그 과정에서 두 번째 전성기를 맞이하게 된다. 조선해방 10주년 경축 예술단의 일원으로 모스크바, 상트 페테르부르크, 타슈켄트, 알마티, 노보시비르스크 등 공연에서 '조선 가요의 여신(女神)'이 된다. 귀국 후에는 국가 행사에서 김일성 주석의 총애를 한 몸에 받을 정도로 왕성한 공연 활동을 하게 되어, 마침내 1959년 43세에 공훈배우 칭호를 받는다.

　1960년대부터 남북한의 체제 경쟁을 위한 북한의 생산증대 강화 운동인 '천리마운동'은 사회주의경제를 건설하자는 뜻으로 전국적으로 전개되었다. 왕수복도 경제 선전 예술운동으로 생산 공장에서 음악 예술 활동을 하게 된다. 그러나 1970년대에 들어서면서 노동 강화운동의 한계성에 따라 천리마운동이 퇴색하는 기미가 나타나기 시작하자, 1976년부터 '3대혁명 붉은기 쟁취운동' 이라는 이름의 경쟁운동을 벌였다. 이때부터 남북한의 체제 경쟁에서 북한이 뒤쳐지게 된다. 북한은 최근에 이런 운동과 더불어 '80년대 속도', '90년대 속도' 등의 구호가 내걸리고 있다. 그러나 1996년 이후 '고난의 행군' 이라고 불리는 기아 상태에서 거의 300만 명이나 굶어 죽었던 북한에서 체제의 홍보로 '왕수복의 민요 독창회' 는 긴요하게 사용된다. 김정일 국방위원장은 1997년 왕수복에게 팔순 생일상을 보내주면서 민요독창회를 열게 해준다. 사실 80세의 고령으로 독창회를 한다는 자체가 커다란 이벤트이면서 체제 홍보로 다양하게 선전되었다.

여기서 중요한 것은 모두 그 근거가 풍부한 자료에서 나온다는 점이다. 평전을 쓰려면 그 인물에 관한 한 많은 자료를 섭렵하고 제시해야 한다. 그 자료를 통해서 구성한 왕수복의 평전은 지금 현재까지의 성과이다. 앞으로 좀더 나아가고 싶다. 아니 나아가야 한다고 믿는다.

제 1 부
왕수복 평전

1

평양 기생학교 시절

1917~1931년 ; 1~15세 까지

나는 뜨거웠던 삼일 만세운동이 일어나기 두 해 전에 태어났습니다. 그리고 대한민국의 월드컵 4강 신화를 북녘 땅에서 들은 이듬해 파란 많던 내 가수 생활을 접고 세상과 작별했지요.

지금부터 평양의 기성권번을 거쳐 1930년대 최고 인기 스타에 오르기까지의 이야기와 또 나를 또 한 번 스타로 만들어주었던 연애사건들, 그리고 결코 잊을 수 없었던 내 삶의 아련한 이야기들을 전하고자 합니다.

 평양기생 왕수복 10대가수 여왕 되다

17세의 왕수복 사진

きらびやかな舞衣裳なつけて、いざ舞はんとする、その時の心の戰き！それが初舞ひの日である丈けに嬉しくもあり、不安でもある。

自ら高鳴る胸の轟き、それは弱い心の持主、美しい彼女にこそ、どうしやうもないことだつた。けれど、無事に舞納めた時の誇らしさは又なき喜びである。

평양 기성권번 사진엽서

평양 기생학교 공연 1

평양 기생학교 공연 2

평양 기성권번 기생양성소 정문(위)

 평양기생 왕수복 10대가수 여왕 되다

평양 기생학교 수업

(아래 왼쪽부터 차례로)평양 기생학교 학생과 스승, 기생학교 조회시간, 수업 장면

 평양기생 왕수복 10대가수 여왕 되다

사군자 치는 기생모습(위)
평양 기생학교 공연(왼쪽 위)
평양 기생학교 검무 공연(왼쪽 아래)

평양 대동강 뱃놀이와 기생

평양 기성권번 기생학교 관련 사진엽서

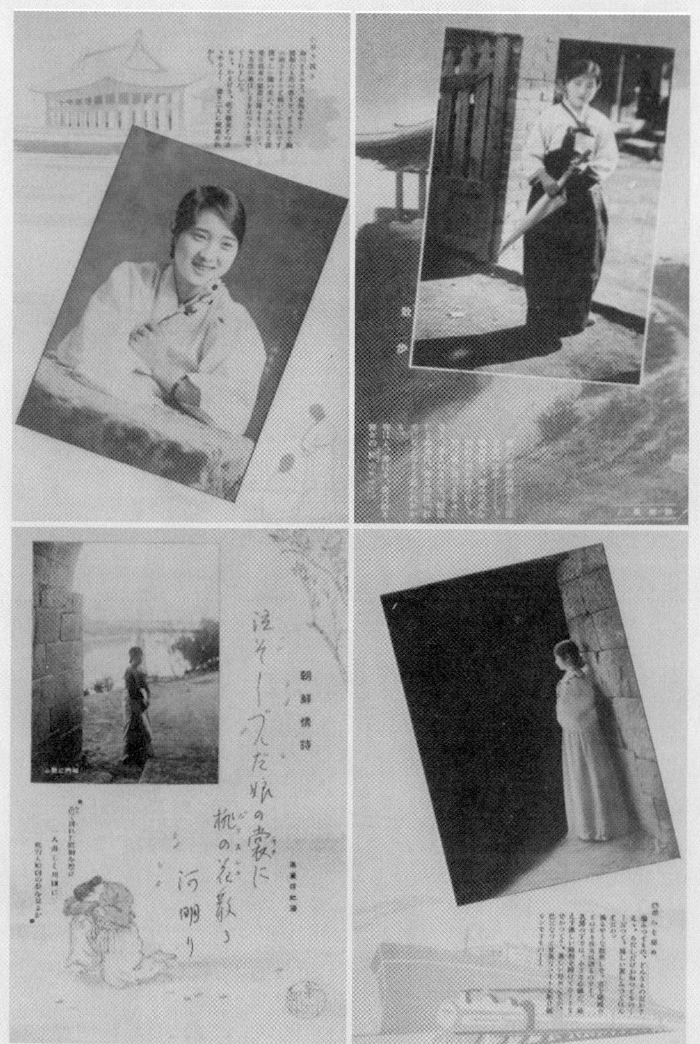

주변에서 나를 아는 사람들은 보통 쾌활하고 명랑한 내 성격에 후한 점수를 주었습니다. 심지어 인정이 많다는 말에는 다소 쑥스러워지기도 했지요. 사실 나의 외모는 목이 좀 짧아 그렇지 그래도 상체와 하체가 고루 발달되어 있는 편이라서 볼수록 육감적이라는 말도 많이 듣고 했답니다.[2]

기생학교 졸업 후 왕수복

게다가 타고난 청아한 목소리와 풍부한 성량은 운 좋게도 우리 민족 특유의 '한(恨)' 이라는 정서에 잘 어울렸고 높은 예술적 경지로 평가받기도 하였습니다. 좀 잘난 체 하는 듯 들릴지도 모르겠지만 내 독특한 가창실력을 두고 한 때는 '설레는 바다' 라는 비유로 언론의 찬사를 받기도 했으니까요.[3] 시대마다 노래 잘 하는 사람은 많지만 정말 노래를 부를 줄 아는 사람, 그리고 그 능력을 제대로 평가받는 사람은 드물어 보입니다.

1917년 4월 23일, 평안남도 강동군 입석면 남경리의 한 시골 마을. 나는 화전을 일구는 농사꾼의 집안에서 사남매 셋째로 태어났습니다.[4] 그저 부지런해야 살아갈 수 있었던 세상을 물려주듯 아버지는 나에게 '성실(成實)'이란 이름을 지어주셨습니다. 어렵던 시절 그 이름이 청승스러웠는지 할머니는 내게 '수복(壽福)’이란 이름으로 고쳐주셨지요. 이 역시 속이 뻔히 들여다보일 만큼 허탈한 이름이었지만 이름 덕인지 나는 훗날 이 ‘수복’이란 이름으로 더 알려지게 되었지요. 내 ‘기생이름’도 그러하고요.

하지만 내가 후에 내가 한 시절 마음을 다해 사랑했던 한 사람은 나의 옛 이름 ‘성실’의 ‘실이’라 부른 것을 더 좋아하기도 했답니다. 여하튼 내가 86세의 무난한 장수를 누린 것도, 지긋지긋한 전쟁들을 겪어내고 살아남게 된 것도, 여자로서 흔히 말하는 팔자 센 인생을 질기게 이어왔던 것도 할머니가 주신 이름 덕분이 아니었을까 생각이 들기도 합니다.

화전 농부이었던 아버지가 병으로 세상을 떠난 것은 내가 태어난 이듬해였습니다. 어머니는 철부지 사남매를 이끌고 평양 시내로 들어가 우리는 큰 이모 집에 얹혀사는 신세가 되었습니다. 꼼짝없는 더부살이 신세를 면하기 위해서는 가족 중 누구에게도 돈벌이는 예외가 될 수 없었습니다. 심지어는 어린 셋째까지도. 거짓말처럼 들릴지도 모르겠지만 아버지를 원망할 마음이 들어설 여유조차도 허락되지 않았습니다. 하긴, 그렇지 않아도 입

단아한 모습의 왕수복

에 풀칠하기 바빴던 가난한 화전농이었던 아버지는 우리 가족에게는 처음부터 든든한 버팀목으로 여겨지지 않았는지도 모릅니다.

어쨌든 가난하다는 말조차 입에 담기 어려웠던 배고프고 힘든 살림 한 가운데 내 나이 일곱 살에 유치원에 일감을 얻게 되었습니다.[5] 사실 일감이랬자 일곱 살짜리가 할 만한 일이 무에가 있겠어요. 평양의 어느 한 교회에 일을 다니시던 어머니를 따라갔다가 우연히 내 또래의 부잣집 아이들을 시중드는 일을 거들게 되었던 것이지요. 생각해 보면 내 커다란 눈을 이리저리 굴리면서 선생님 몰래 또 부잣집 아이들 몰래 놀 궁리만 했던 내 모습이 거울처럼 비추어집니다.

그런데 바로 그때 유치원 한 구석에서 흘러나오던 노래 소리… 그 노랫소리가 어린 가슴에 왜 그리도 깊고 저리도록 스며들었었는지… 마치 다른 세상에서 들려오는 듯한 유치원 선생님의 우아한 풍금 소리. 나도 모르게 따라 흥얼거리다 때로는 크게 목구멍 밖으로 튀어나오기도 해서 혼자 얼굴을 붉혔던 너무도 부르고 싶고 갖고 싶었던 노래들.

뜻이 있는 곳에 길이 있다던가요. 어느 운 좋은 날, 나는 유치원 선생님한테 내 노래를 들키고 많이 행복해졌던 기억이 납니다. 들키고 싶은 비밀이라면 적절한 표현이 될는지요.

 평양기생 왕수복 10대가수 여왕 되다

평양 기생학교 출신 기성권번 사진들속의 왕수복(아래 왼쪽 두번째)

　나의 맑은 목소리와 음악적 재능에 가능성을 발견한 유치원 선생님은 당시 잘 알고 지내던 평양의 '명륜여자공립보통학교(明倫女子公立普通學校)' 음악 교사 윤두성(尹斗星)선생님에게 나를 소개해 주었습니다. 선생님은 내 재능을 세심하게 살피고 살뜰히 아껴주셨습니다. 수업이 끝난 후에도 따로 발성연습을 시키는 열의를 보여주기도 하였으니까요.[6]

　그러나 정작 학교에 입학이란 건 했지만, 내 또래의 여자아이들이 꿈꾸던 수다스럽고 애틋한 꿈 많은 학창시절을 누리기에는 내 생활은 많이 녹록치 않았습니다. 아버지도 안 계신 집안, 사남매의 셋째였기에 늘 그 나마의 우선순위에서 밀려왔던 내가 3학년의 '공립보통학교' 학비를 내기에는 터무니없는 사치일 수도 있는 것이었지요. 이런 한창 예민했을 나이에 느꼈던 상실감과 체념이 아마도 훗날까지 평생 동안 나를 배움이나 인텔리에 대한 갈망으로 남아 나 자신을 괴롭혔었는지도 모릅니다.

사실 기생이 되고 싶다는 생각을 해본 적은 없었습니다. 그저 흐르고 또 흘러 기생학교 학생 모집공고가 내 인생 가까이에 다가와 있었을 뿐.

그때 마침 평양의 기성권번은 정식으로 허가 받은 기생 양성소를 차리고 학생을 모집하기 시작했는데 여기서 바로 내 인생의 돌이킬 수 없는 전환점이 시작되었습니다.

만일 그때 학비도 염려 없이 다니어, 학교를 순조롭게 마치었던들 미국에서 공부하고 지금쯤은 이화전문학교 여교수쯤 되고 그리고 무슨 박사쯤 되었을는지 모르지요. 하지만 나는 어머니 말씀을 잘 듣는 딸이 되기로 결심하고 평양 기성권번의 기생학교에 들어갔지요.[7]

어느 어머니가 딸을 기생으로 만들고 싶었겠어요. 하지만 우리 집의 형편으로는 보통학교를 다닐 수 없는 건 피할 수 없는 사실이었고, 어느 샌가 이미 기생의 길로 접어들어 있던 언니의 선택이 어머니도 나도 다른 선택의 여지가 없는 것으로 느껴지게

 평양기생 왕수복 10대가수 여왕 되다

하였던 것이지요. 나보다 먼저 기생이 되어 있었던 언니는 화려한 옷을 입고 늘 웃으며 다녔습니다. 결국 나도 언니를 따라 기생이 되기로 했지요.[8] 언니는 그 후 '방가로(放街路)'라는 다방을 평양에 열었습니다. 그 덕분에 오해를 많이 받아 곤란한 일도 간혹 벌어졌지요.

어쩌면 그것은 언니의 자취를 그대로 밟는 의례적인 절차가 되어버릴 수도 있었겠지만 그래도 나는 스스로 다르다고 생각을 다잡곤 했습니다. 그래도 명색이 나는 정식으로 허가받은 기생학교 1기생이었으니까요. 물론 그 전에도 동기(童妓)를 교육시키는 곳은 있었지만, 공식적인 양성소로 형식을 갖추고 학교로 불린 것은 그때가 처음이었거든요.[9]

전통적인 노래들인 가곡, 가사를 전공하면서 가야금, 장고, 무용, 미술까지도 배울 수 있었던 그곳이 나에게는 꿈에도 그리던 배움터가 되었습니다.[10] 나는 3년 내내 좋은 성적을 유지하였습니다. 그리고 열네 살 때에 우등으로 졸업했어요. 그런 뒤 기생이 되었지요.

여기서 잠시 내가 다니던 기생학교 이야기를 해야겠습니다.

그 곳은 평양 연광정 근처 채관리(釵貫里)[11]의 한복판에 빨간 벽돌로 지어진 이층 건물이었습니다. 그 안에서 성악이나 가곡, 가사 수업을 받고 가야금, 거문고, 양금, 피리, 풍금, 무용, 미술 등의 10여개 학과를 더 배웠답니다. 그 중에서 전공을 정하여 3

년 만에 성숙한 기생을 키워내는 이를테면 '기생종합예술학교'
라고 할 수 있지요.[12]

　쉽게 깨지기 힘든 보수성, 혹은 봉건성 같은 인식들이 남아있
는 한 기생학교는 지탄의 대상이 되기도 선망의 대상이 되기도
하는 기구한 운명을 겪어야했습니다. 화려한 유행을 이끌어내
는 기생을 한편 선망하기도 하지만 결국 청산해야할 봉건적인
구습으로 여기듯 말입니다.

　성악 선생 김미라주, 이산호주 그리고 가야금, 거문고, 피리
등을 가르치던 여러 선생들. 또 후에 해금 산조로 이름을 날린
류대복(1907~1964)도 그때 나의 거문고 선생으로 기억에 남습니
다. 특히 북한에서도 나보다 2년 전에 공훈배우가 되었던 류대
복 선생이 있었지요. 그는 어렸을 때부터 부친에게서 민요를 많
이 들었고 해금과 가야금, 거문고 등을 배웠다고 합니다. 또 당
대의 유명한 무용가이며 고수였던 한성준에게 장단과 고전무용
을 사사받았다고 들었습니다. 1925년부터 전문연주가로 활동
하면서, 1930년대 초부터 평양 기생학교에서 후진양성을 할 때
그곳에 있었지요.

　명창 김미라주의 지도 밑에 3년간 가곡, 가사를 전공한 나는
15살 되던 1931년 2월, 마침내 기생학교 성적 최우수 졸업생의
영예와 함께 선생의 요구를 받아들여 실습 보조선생으로 일하
게 되었습니다.

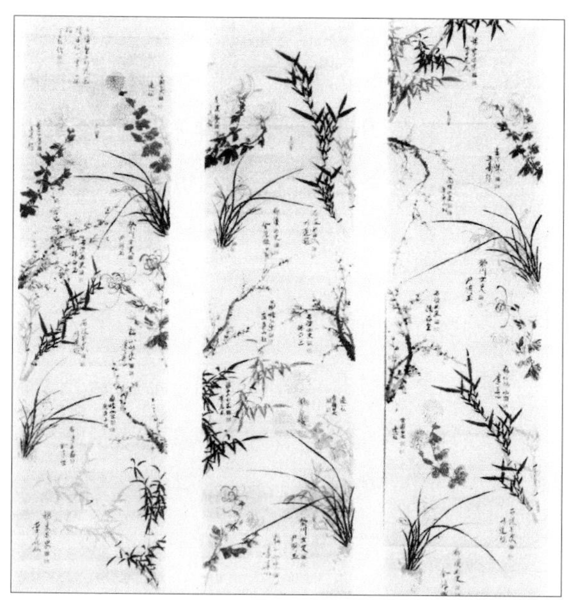

왕수복의 평양 기생 서화 선수 9인 합작 사진엽서(박민일 소장본)

당시 김미라주 선생은 실력자로 알려져 있었지만 나이가 많았기 때문에 여러 고전들의 가창법들을 일일이 학생들에게 시범을 보이기에는 힘이 부치는 인상을 주곤 하였습니다. 그래서였는지 나의 남다른 재주를 눈여겨 봐두었다가 실습 보조선생으로 낙점하신 듯 합니다. 그 후 2년에 걸친 실습 보조선생 생활이 나에게는 서도민요 기량을 더욱 연마할 수 있었던 있는 좋은 기회였던 것으로 돌아 보입니다.

그리고 자랑처럼 들리겠지만 내가 서화에도 남다른 재주를
갖고 있다는 것을 알게 되었습니다. 서화를 가르쳐 주시던 분은
사군자와 특히 묵죽을 잘 그리시는 수암 김유탁(金有鐸, 1874~?)
선생이셨습니다. 내가 특히 그리기를 좋아하던 것은 대국(大菊)
이었는데 이로 인해 선수 9인에 들 정도로 호평을 받았었지요.
물론 나 혼자 이루어낸 것은 아닙니다. '청출어람'이란 말이 있
듯 내겐 그 분야에서 당시 인정받던 뛰어난 스승이 계셨지요.[13]

수암 선생은 당숙 주련(周璉) 선생에게서 서법을 배우고 집안
어른 죽리(竹里) 선생과 평양의 남화가(南畵家) 양석연(楊石然) 선
생에게서 화법을 배워 1922년에는 이왕직 소관 미술품 제작소

평양 기생학교에서 난을 치는 것을 지도하고 있는 수암 김유탁과 학생들 사진

 평양기생 왕수복 10대가수 여왕 되다

에 화가로 채용될 만큼 실력을 인정받는 분이었습니다.[14] 특히 그 분의 사군자는 유명하였고 제9회 조선미술전람회에 입선한 화려한 경력도 지니고 계셨지요.[15] 수암 선생에게 지도를 받다가 유명한 이당 김은호 선생을 찾아 서울로 올라와 그 문하에서 사사한 인물이 바로 혜촌(惠村) 김학수(金學洙) 선생입니다.

「기생서화전」 평양 기성권번 기생학교에서는 수암 선생이 기생들에게 가르친 서화를 50점 출품하여 전람회를 개최한다는 기사(『중외일보』 1929년 8월 6일자)

평양 기생학교에서 동양화를 그리는 학생 사진

수암 김유탁의 「노안도」

더우기 수암 선생은 1906년 인재양성과 민중의식개혁을 목적으로 조직된 애국계몽단체인 서우학회(西友學會)에서 박은식(朴殷植)을 비롯한 12명의 발기인(發起人) 중의 한 분이기도 합니다.[16]

그 영향을 받아 나도 대국(大菊)을 그리기를 즐겨하게 된 것 같습니다. 선생님은 내가 그린 대담한 국화 송이의 생동

왼쪽부터 박연희, 변일선, 이춘심, 이화선, 한정옥

감 있는 붓 터치를 칭찬해 주셨고 영예롭게도 나를 서화에 조예 깊은 '선수(選手) 9인'에 들게 해주셨지요.

수암 선생에게서 배운 평양 명기 중에서 서화가 출중하다 꼽힌 '선수9인'은 매화에 오산홍(吳山紅)·한정옥(韓正玉), 난초에 윤명옥(尹明玉)·김순희(金淳姬), 대국에 왕수복, 소국에 변일선(邊一仙), 대죽은 박연희(朴連姬)·이춘심(李春心)·이화선(李花仙) 등이 그려 사군자를 완성했지요.

왕수복이 그린 대국 확대 사진

2 첫 전성기,
'10대(大) 가수'의 여왕

1932~1939 ; 16~ 23세까지

1930년대는 인기 대중 가수로서 나의 첫 번째 전성기이면서 잊혀 지지 않는 삶의 순간순간이 채워진 나날이었습니다. 그 당시 처음으로 기생 출신 최초의 유행가수가 되고, 경성방송국(JODK)이 일본 전역으로 최초 유행가 방송을 한 이가 바로 나였지요. 잡지 『삼천리』 주최로 '레코드 가수 인기투표'에서도 전체 1위를 했지요. 마치 요즈음 '10대 가수'의 가수왕이 된 것처럼.

드디어 열아홉에 기생인가증을 반납해서 기적에서 이름을 빼고, 일본 동경으로 성악 유학길에 올랐습니다. 그렇지만 늘 항상 기생 출신 왕수복이라는 꼬리표가 여전히 따라 다녔지요. 스물 하나에 폴리돌 레코드회사와 절연(絕緣)하고, 이탈리아 성악 개인 교습을 벨트라멜리 요시코에게서 받게 되었지요. 일본 동경에서 '무용·음악의 밤' 자선공연에서 메조소프라노를 맡아 우리 민요의 「아리랑」을 성악 민요조로 부르지요. 이를 계기로 일본 아사히신문과의 인터뷰를 통해 널리 알려지게 됩니다. 지금도 그날을 생각하면 안타깝고 활기 찬 그리움이 각인된 회상으로 가득 차 버리지요. 그 이야기의 보따리를 이제 풀어볼까 하렵니다.

위통 치료약 노르모산 광고에서 일본박람회 출연이력도 함께 홍보된 왕수복의 사진과 자
필 사인

나의 직업적인 가수생활을 시작한 것은 열일곱 살이 되던 1933년 봄부터였습니다. 1930년대에 접어들면서 세간에는 소위 '민요조 유행가'로 불리는 신민요(新民謠)가 크게 유행하기 시작하였습니다. 아마도 오래 억눌려 있던 민족감정과 저항 의식이 전통음악 부분을 다르게 자극한듯도 합니다. 이런 흐름은 퍽이나 자연스러워서 이미 민요와 창에 익숙해져 있는 권번 기생들이 신민요를 부르게 된 것도 당연한 일이었지요.

나부터도 그러하였지만 당시 평양 기생학교는 정규 과목에 창가는 물론이고 민요, 곡조와 더불어 일본창도 배웠습니다. 바로 일본의 아악, 민요와 창가를 정식으로 배웠다는 이야기지요. 당시의 대중가요 작곡가들은 창가류의 일본 대중가요 리듬을 따라 신민요를 만들어 레코드를 발매하였습니다. 그리고 레코드 최대 소비 계층인 우리 기생들을 통해서 일반에게 유행시키는 방법도 사용했지요. 그리고 유성기의 지대한 역할에 힘입어 일반 대중들에게는 애창곡의 일대 변화가 찾아왔습니다. 내가 처음 레코드를 취입했던 것도 바로 이 무렵이었지요.

콜롬비아 레코드 회사의 요청으로 신인가수로서는 이례적으로 무려 10곡의 노래를 취입하였습니다. 발매된 음반은 9곡이었지요. 민요조 유행가를 부르는 가수 중에서 내가 첫 번째 권번출신 기생이라는 기록도 세웠지요. 이후 평양의 기성권번 출신 레코드 인기가수가 쏟아져 나오게 되었습니다.

기생학교 후배들이었던 「꽃을 잡고」의 선우일선(鮮于一扇), 「애상곡」의 김복희(金福姬)와 그리고 최명주(崔明珠), 최연연(崔妍妍), 김연월(金蓮月), 이은파(李銀波), 한정옥(韓晶玉) 등이 머리에 스쳐갑니다. 선우일선은 후에 나의 의붓딸 김성순과 같이 평양 음악무용대학의 교원으로 후진을 양성하였답니다.[17]

그런데 1934년, 기성권번에서는 갑자기 권번 소속 기생이 레코드 취입을 할 수 없다는 원칙을 발표하여 한동안 시끄러워진 일이 있었습니다.[18]

권번 측에서의 입장인즉 기생이 레코드 취입을 하게 되면 평양기생의 성가를 올리고 평양 선전까지 겸할 수 있다고 목청을

왼쪽부터 최연연, 선우일선, 김복희의 사진

『동아일보』1933년 7월 30일자 콜럼비아 레코드 광고에서의 왕수복 노래 「한탄」, 「울지마러요」(왼쪽) 『동아일보』1933년 8월 21일자 콜럼비아 레코드 광고에서의 왕수복 노래 「신방아타령」, 「월야의 강변」(오른쪽)

높였지만 사실상 일단 가수가 된 기생들이 일으키게 될 권번 내의 풍기문제와 다른 기생들이 마음을 잡지 못하고 공연히 부화뇌동할 것을 우려한 것이지요. 결국 가수가 되든 권번기생이 되든 칼 같은 선택의 문제를 강요하게 된 것이지요. 그 후 기생이 가수가 되려면 권번 기적에서 나와야만 가능하게 되었던 것입니다. 그 상황으로 본다면 아예 처음부터 레코드 가수 겸 권번기생으로 발을 들여놓을 수 있었던 나는 운이 좋은 편이었습니다.

여하튼 어렵지만 운 좋게 만들어진 나의 가수생활은 시작되었습니다. 비록 시대가 시대인지라 내내 서럽고 슬픈 노래를 부르는 날들이 많았지만 내 가슴 속은 늘 밝고 명랑한 정서가 가득한 민요로 차고도 넘치고만 있었습니다. 뜻이 있는 곳에 길이 있다던 가요.

1933년 7월부터 10월에 걸쳐 발매되었던 콜롬비아 레코드사의 음반이 그러하였습니다. 「신(新) 방아타령」, 유행가 「한탄(恨歎)」, 「울지 말아요」, 「월야(月夜)의 강변(江邊)」, 「워디부싱」, 「패성(浿城)의 가을밤」, 「연밥 따는 아가씨」, 「망향곡(望鄕曲)」, 「생(生)의 한(恨)」 등 아홉 곡의 신민요가 나를 일약 시대의 인기가수로 만들어놓았으니 말입니다. 당시 폴리돌 음반에 취입한 신민요의 곡목은 「그리운 강남」·「그리워라 그 옛날이」·「마지막 아리랑」·「조선타령」·「아리랑 눈물고개」·「수심」·「두만강 풀른 물아」·「최신 아리랑」·「포곡성」이었지요.

일본 도쿄나 오사카에 취입을 위한 녹음실이 있어서 갈 때마다 한 10여 곡 이상을 녹음하였습니다. 앞면 A와 뒷면 B로 나누

『동아일보』 1933년 9월 22일자 콜럼비아 레코드 광고에서의 왕수복 노래 「워디부싱」, 「연밥파는 아가씨」(왼쪽) 『동아일보』 1933년 10월 30일자 콜럼비아 레코드 광고에서의 왕수복 노래 「패성의 가을밤」, 「망향곡」(오른쪽)

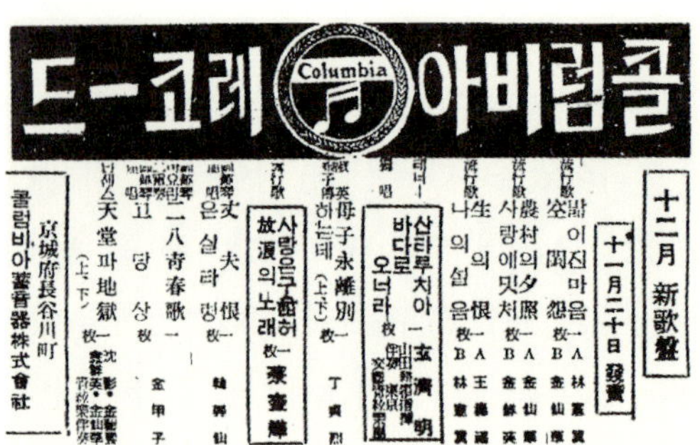

『동아일보』 1933년 11월 30일자 콜럼비아 레코드 광고에서의 왕수복 노래 「생의 한」

어 한 장짜리 음반이 당시 음반이었지요. 한 곡의 녹음 시간이 3분 20여 초 정도였기에 상황에 따라 늘리거나 줄이거나 즉흥적으로 하기도 했습니다.

요즈음 인기 가수가 앨범을 만들면 수 십 곡을 담고 있지만 당시 한 가수가 그만한 분량을 채울 수 있는 노래는 거의 없었지요.

음반제작사가 많이 있었지만, 그래도 큰 곳은 미국계 콜롬비아, 빅타, 독일계 폴리돌, 일본계 오케이 등이 1930년대를 주름잡았습니다.

이 일을 기회로 하여 콜롬비아 레코드사와 폴리돌 레코드사 간에는 이른바 가수 쟁탈전이 일어났고요. 콜롬비아 레코드사에서 낸 음반이 히트를 치면서 콜롬비아 측에서는 나와 연속적인 전속계약을 준비하고 있었고 폴리돌 레코드사에서는 그 보다 발 빠르게 문예원, 김영환 등을 보내어 계약을 맺어버렸으니 양 회사 간 재판까지 걸린 쟁탈전이 벌어지고 말았습니다.

이 사건은 당시 평양과 서울의 신문에 실리고 나에 대한 일반의 관심을 키우던 중 폴리돌에서 취입한 "외로운 섬에서의 한스러운 사랑"이라는 뜻인 「고도(孤島)의 정한(情恨)」이 대히트를 하였습니다. 후에 「칠석날」로 고쳤지요. 그 일로 나는 폴리돌 레코드사의 전속계약을 맺고 70여곡을 더 취입하게 되었습니다.

칠석날 떠나던 배 소식 없더니
바닷가 저쪽에는 돌아오는 배
뱃사공 노래 소리 가까웁건만
한번 간 그 옛 님은 소식없구나

「고도의 정한」 레코드 레이블(폴리돌)

어린 맘 머리 풀어 맹세하든 일
새악씨 가슴속에 맺히었건만
잔잔한 파도소래 님에 노랜가
잠드는 바다의 밤 쓸쓸도 하다
(작사 왕평, 작곡 전기현)

칠석날에 떠나는 님을 애타게 기다리는 바닷가 여인의 애끓

『동아일보』 1933년 10월 2일자 폴리돌 레코드 광고에서의 왕수복 노래 「고도의 정한」, 「인생의 봄」

는 심정을 담은 이 노래는 순정의 사랑도 눈물로 헤어져야 하였던 당시 일제 강점기 수난의 시대가 배어 있는 연정 비가(悲歌)이었습니다. 나의 청아한 목소리와 독특한 발성으로 어우러진 이 노래는 레코드와 함께 삽시간에 전국에 퍼져 가면서 망국의 한(恨)이 맺힌 겨레의 설움을 달래 주었지요.

폴리돌 레코드 회사는 설립 후 처음으로 최고 매상고를 올렸고 나 왕수복의 이름은 레코드판과 더불어 전국의 방방곡곡에 널리 알려졌습니다.[19]

특히 4분의 3박자로 애절하게 흐르는 이 노래는 당대 여성들의 마음속에 서렸던 보편적인 비감을 나타냈다고 합니다. 그 시기 망국의 설움 속에서도 생활은 있었고 남녀 간에 맺어지는 사랑도 있기 마련이었습니다. 그러나 우리 민족을 둘러싼 사회적 환경 탓에 송죽같이 맺어졌던 사랑도 눈물로 헤어져야만 하였지요. 당시 1930년대 초에 널리 불려진 것은 어쩔 수 없는 시대상의 반영이라 할 밖에요.

이 노래를 부를 때마다 칠석날에 떠나간 님을 안타깝게 기다리는 섬 마을 여인의 심정이 가슴에 와 닿습니다. 멀리 바닷가 저쪽에서 돌아오는 배가 행여나 님이 탄 배가 아닐까 하여 마음 졸이며 기다렸건만, 사공의 노랫소리만 들려올 뿐 떠나간 그 님은 소식이 없어 파도 소리에 쓸쓸한 마음을 달래보는 섬 마을 여인의 심정말입니다.[20]

그 당시 가요에 대한 일제의 탄압은 심했습니다. 따라서 이 시기에 검열의 관문을 통과하기 위한 유일하고 무난한 통로가 바로 연정가요였습니다. 그래서 1930년대 초에 연정가요들이 음단을 풍미하였지만 그것들은 연정가요가 아니라 망국의 설움과 수난의 역사를 보여주는 일종의 비가(悲歌)들이었을 겝니다.[21]

「고도의 정한」은 견우, 직녀가 서로 헤어지고 만나지 못하는 것을 나라 잃은 민족의 슬픔으로 비유한, 당시 우리의 슬픈 사연 같은 노래입니다. 나는 이 노래로 유명해졌지요.

사실 이 노래는 일본 가요 「섬아가씨(島の娘)」를 참조하였습니다. 이 노래는 1933년 8월에 작사 나가타 미기히코(長田幹彦), 작곡 사사기 슈니치(佐佐木俊一)로 가수 가쓰타로(勝太郎)가 부른 히트곡인데 그 후에 영화화되면서 대단한 인기를 끌었다고 합니다.

이 곡의 작곡자 전기현은 「고도의 정한」을 묶어 이렇게 말했던 적이 있습니다.

"왕수복이 콜럼비아에서 폴리돌로 넘어온다는 것을 신문 잡지상으로 굉장히 떠든 만큼 또 콜럼비아에서 큰 가수이니까, 폴리돌에 와서는 유행가에 여왕이라고 하도록 만들려 하는 데서 제1회 작품인 「고도의 정한」은 작곡 작사가 매우 힘들어 나온 것이다. 처음에 그 노래를 들어본즉 첫인상으로 이 노래는 동경에서 부르는 소패(小唄) 강호(江戶)시대에 유행한 속곡(俗曲)의 총칭을 말한다. 를 많이 모방한 것을 알았다. 왕수복의 몸집이 건장한 만큼 목소리도 우렁차게 기운좋게 세차게 나온다. 특히 평양예기학교(平壤藝妓學校)를 졸업한 만큼 그 넘기는 데는 과연 감탄 아니 할 수 없었다. 본(本)성대가 아니라 순전히 만들어내는 성대이면서 일반에게 환영을 받고 유행되고 많이 팔리기로 전무후무(前無後無)하다. 「고도의 정한」을 내가 작곡함에 힘들어 한 것은 작곡가로서 매우 힘든 것은 중간에 가서 목을 별안간에 변곡(變曲)을 시키게 되면서 가늘게 뽑아내는 데 나로서는 과연 힘이 들었다. 이것이 성공할까. 왕수복이 이렇게 갑자기 변곡이 될까하는 것이었다. 의외에 작곡자에 생각한 이상 묘하게 꺾어 변곡을 시키면서 가늘게 뽑는 데는 참말로 놀랐다. 그래서 왕수복의 「고도의 정한」으로 나의 작곡은 세상에 알리어 주었다.

다시 말하는데, 조선 레코드 계에 있어 「고도의 정한」 이상으로 팔린 것은 아마 없으리라고 본다. 그만큼 나와 왕평(王平)씨의 힘이 모이고 왕수복의 힘이 가한 「고도의 정한」이다."[22]

작사가 왕평의 사진

　　한편 작사자 왕평(王平)이 1939년『조광』잡지에서 나에 대한 인터뷰한 내용은 다음과 같습니다.

　"하나 이야기 합시다. 폴리돌에서 왕수복을 끄집어낸 이야기인데 순전(純全)한 기생으로서 레코드계에 출현하기는 아마 왕수복이 제일 처음일겝니다. 이건 참 대단히 비겁한데 처음 왕수복을 발견하기는 폴리돌이 아니고 다른 어떤 회사이었습니다. 콜럼비아 회사에서 먼저 왕수복을 평양에서 발견하고 테스트를 해보니 그리 나쁘지 않음으로 동경으로 데리고 가서 취입을 시켰는데 콜럼비아 회사에서는 왕수복의 성공 여부를 퍽 염려했습니다. 그런데 그때 역시 폴리돌에서 일을 보고 있던 나는 동경서부터 왕수복의 미성(美聲)이 괜찮게 생각되어 돌아오는 기차에서 그를 붙들고 설명시켜 종시(終是) 평양까지 와서 하차하여 일주일 동안 행방을 감추었지요. 그때 알아보니 왕수복은 아직 아무데와도 구체적 관계를 맺지 않은 자유로운 몸이었습니다. 그래서 일주일 동안에 왕수복과 폴리돌 회사 사이에 정식으로 계약을 맺어놓았지요.

자아 계약을 맺기는 했으나 어쨌던 콜럼비아 회사에서 취입한 것보다 나어야 하겠는데 그래서 상당히 고심한 결과 작곡을 전기현 씨에게 부탁해서 처음으로 세상에 내놓은 것이 저 「고도의 정한」입니다. 그때 내지반(內地盤)으로 「섬아가씨(島の娘)」이 한창 유행하고 있는데 어딘가 이 「섬아가씨(島の娘)」에 비슷한 데도 있고 그리고 그것을 왕수복의 고운 목소리로 길게 뽑아 넘기는 데 인기가 있었답니다. 그때 여가수로는 조선에서 왕수복이 제일인자였습니다.

그 후 약 1년이 지나서 선우일선이가 데뷔했지요. 그런데 이 선우일선이 데뷔하기까지의 이야기를 하면 평양 기생 선우일선이 노래를 잘한다는 말을 듣고 평양으로 내려가서 선우일선의 노래를 들어보았습니다. 그런데 첫째 번쩍 귀에 들어오는 그 고운 목소리에 반했습니다. 그래서 선우일선을 데리고 상경하여 김억 씨 작사, 이면상 작곡인 「꽃을 잡고」라는 신민요를 냈는데 이것이 말하자면 왕수복의 「고도의 정한」 이상으로 인기가 있었지요.

　하여튼 우리들이 고심하는 것은 어떤 가수를 발견한 다음에 어떤 곡조, 어떤 가사를 불리었을까하는 점에 있습니다. 아무리 유망한 가수라도 그 가수에 맞지 않는 곡과 가사를 불리우면 실패입니다. 선우일선의 경우에도 그런 점에 있어서 퍽 고심하였습니다. 그런데 지금까지의 경로를 가만히 보면 선우일선이 부른 곡은 전부가 이면상 씨의 작곡이었습니다. 이면상 씨의 곡과 선우일선의 목소리에는 그 어떤 점에 있어서 서로 잘 어울리는 데가 있지 않은가 생각합니다.”[23]

나는 유명한 대중 인기가수가 되고, 광고모델 섭외도 들어왔습니다. 덕분에 더욱 이름을 알릴 수 있었지요. 1937년에 열린 일본 박람회에 출연을 하기도 했으니까요. 일본 전역에 그 만큼 광고 효과를 누릴 수 있기에 광고 모델도 될 수 있었던 것이지요.

　주대명의 작사와 박용수의 작곡으로 부른 「인생의 봄」도 추억이 많은 작품입니다.

　　노란 꽃잎 붉은 꽃잎 봄 따라 피고

　　인생의 봄 청춘이라 마음도 피네

　　새벽이슬 맞아가며 곱게 피여서

　　오는 봄 새 희망 노래 부르네

　　아지랑이 풀 그늘의 봄맞이 노래

　　청춘의 푸른 꿈 흘러가는 봄 물결

　　가는 세월 오는 봄을 허송치 말고

　　인생의 포부를 꽃 피워보세

　　(작사 주대명, 작곡 박용수)

『동아일보』 1933년 10월 20일
자 폴리돌 레코드 광고

　내 독특한 창법은 민요조의 노래를 뽑아낼 때 더 부드럽고 은근하게 나만의 특별한 음색을 보여줄 수 있는 장기를 가지고 있었습니다. 여기에는 물론 내가 어릴 적부터 다져온 전통민요나 서도민요, 가곡이나 가사에 대한 기본기가 큰 힘이 되었지요. 덕분에 나는 창법이 독특하고 음역이 넓으면서도 주력이 좋은 '설레는 바다' 같은 형상력을 지닌 가수로 평가받을 수 있었답니다.

　지금이라도 내가 그 시기에 불렀던 「뻐꾹새」(일명 포곡성), 「울산타령」, 「어부사시가」, 「봄맞이 아리랑」 등과 같은 신민요들을 들어보면 누구든 내 노래의 멋과 운치를 느낄 수 있을 겁니다.
　「울산타령」(울산아가씨)도 추야월의 작사와 이면상의 작곡으로 당대를 풍미한 유행가였지요.

동해나 울산에 밤나무 그늘

경개도 좋지만 인심도 좋구요

큰 애기 마음은 열 두 폭치마

실백자 얹어서 전복쌈일세

에헤야 에헤라 울산은 좋기도 하지

(작사 고마부, 작곡 이명상)

「어부사시가」의 노랫말도 뛰어났지요.

우는 것이 뻐꾹샌가

푸른 것이 버들숲가

동풍이 건들불어

어촌에도 봄이 든다

배 띄여라 어야더야

봄을 싣고 어야더야

『동아일보』 1934년 8월 20일자 폴리돌 레코드
음반광고에서의 왕수복의 「어부사시가」

 평양기생 왕수복 10대가수 여왕 되다

1934년에 발매된 레코드 가사집의 자필 사인이 들어간 왕수복 사진

얼음 풀린 강물 속에

고기 떼도 어야더야

산이 푸르러 청산인가

물이 깊어 창파인가

뒤산에 밤이 드니

어룡들 잠이 깊네

노저어라 어야더야

봄을 싣고 어야더야

물이 잠긴 달을 잡자

노저어라 어야더야

(작사 남강월, 작곡 김탄로)

하지만 내 노래가 물 흐르듯 그렇게 쉽게 흘러나오기만 한 것
은 아니었습니다. 녹음이 있는 날이면 아침부터 식사량을 줄이
고 냉수로 목을 축이고 긴장에서 오는 갈증에 남몰래 어쩔 줄 몰
라 했습니다.

어쩌다 길을 가다가도 '미성약(美聲藥, 목소리를 잘 내게 하는
약)' 이라는 광고가 붙어있는 약국을 그냥 지나치는 법 없이 꼭
사먹어야 직성이 풀리곤 했지요. 그래도 막상 녹음 작업에 들어
가면 처음의 단정했던 자세가 한두 곡이 지나는 사이 나도 모르

 평양기생 왕수복 10대가수 여왕 되다

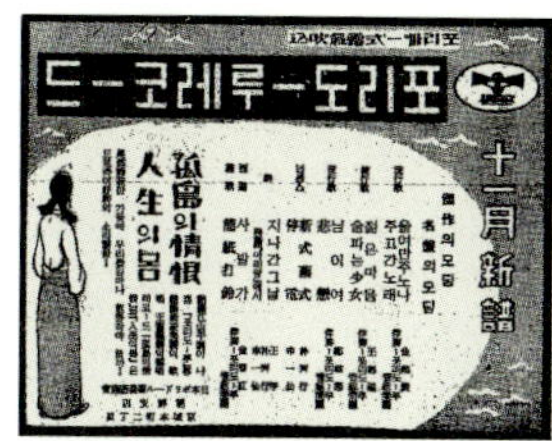

1933. 10. 21 『동아일보』 폴리돌 레코드 광고 '금수강산 평양이 낳은 폴리돌 전속 藝術家 美聲의 歌姬 王壽福 양의 獨唱 레코드 「孤島의 情恨」과 「人生의 봄」은 과연 靜寂한 가을에 우리를 얼마나 위로하여 줄까! 드르라이好評에 소리盤을'

게 차츰차츰 한쪽으로 기울어지면서 정신이 혼미해질 지경에까지 이르게 됩니다. 그렇게 혼신의 힘을 다해 노래를 부른 후에도 녹음을 지켜보던 작곡가 선생님의 눈치를 살피다가 마침내 마이크를 끌어안고 주저앉고 싶은 심정이 되어버리기가 십상이었지요.

그래도 나는 월 800원 이상의 고수익을 올리는 인기가수임에 분명했습니다. 당시 인기가수의 특별출연은 회당 15원이었고 일일 일회 공연에 10원, 2회 공연일 때는 회당 출연료가 5원을 받았던 것을 따져보면 내 수입은 그야말로 대단한 수준이었지요.

그 외에도 나의 주요 수입원은 대략 전속료, 레코드 취입료, 지방연주 수당, 광고 출연 등이었는데 이렇듯 활동하는 분야가 넓어지다 보니 하루일정이 바쁘고 잠이 부족할 수밖에 없었습니다. 그래서 잡지사의 기자들이 나를 한번 만나려면 내가 빼곡한 하루 일정이 다 마치

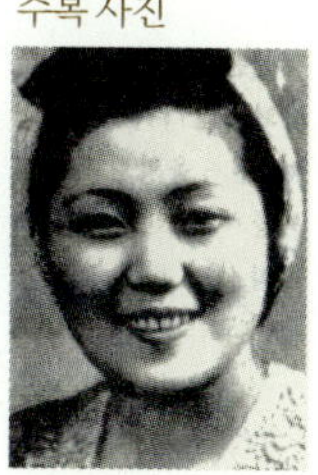

1930년대 첫 번째 전성기 시절의 왕수복 사진

고 잠에서 깨어나는 시간인 한낮 열두시를 넘겨야만 가능하였습니다.

하지만 서울에서 달려온 기자들이 두말없이 기다릴 수밖에 없는 것이 당연할 만큼, 나는 화려하고 당당하고 똑똑할 뿐더러 탁월한 노래실력까지 갖춘 시대의 스타였으니까요. 세인들이 뭐라 하던 나는 시대를 잘 만난 영리하고 재능 있는 가수이고 또 기생이기도 하였습니다.

그 교묘하게도 내 인생에서 쉽게 빠져나갈 수 없는 기생이라는 타이틀 때문에 나는 지성적인 면에서 대중에게 무시당하지

폴리돌 악단과 전속 가수 기념 촬영으로 왼쪽에서 앞 줄 세 번째는 전옥, 다섯 번째 선우일선, 여섯 번째가 왕수복이다.

않기 위해 바쁜 와중에도 노력을 많이 하였습니다. 『퀴리부인』
이나 『좁은 문』, 『죄와 벌』 같은 명작을 읽어내는 지성을 갖춘 기
생이나 인기가수는 아무래도 찾아보기 힘들지 않겠어요?

그건 어찌 생각하면 내가 아무리 일본 동경 유학을 다녀온 인
텔리를 자부한다 해도 어쩔 수 없이 내 자리를 되돌아보게 되는
일종의 자격지심일 수도 있었을 겝니다. 그래서 내 꿈은 더 원대
해지고 그러면서도 평범하고 소박한 모습이었던 것 같습니다.
비록 동경에서 이탈리아 음악체계를 배우고 돌아왔지만 조선의
것이 아니면 진정한 생명력 있는 음악이 생길 수 없다는 마음가
짐으로 우리 민요를 세계적으로 알리겠다는 포부가 바로 그것
입니다.

그러는 한편으로 훗날 기생이란 직업을 접게 되면 악기점
과 서점을 내어 좋아하는 피아노를 마음껏 치면서 좋은 책들을
실컷 읽으며 살고 싶었지요. 또 결혼을 하게 된다면 꼭 시인이나
소설가를 직업으로 가진 남자를 만나 낭만적인 소설 속 같은 살
림을 꾸려보고 싶었습니다. 이런 바람이 너무도 절실해서였을까
요? 훗날 나는 정말 꿈에도 그리던 소설가 애인을 갖게 됩니다.
물론 너무도 짧고 마음 저린 꿈처럼 지나게 되고 말았지만요.

레코드 취입과 더불어 나를 더 유명하게 만든 것은 무대 출연
이었습니다. 한번은 이런 일이 있었지요.

그 날도 공연을 마치고 극장 문을 나설 때이었습니다. 한 무리의 사람들이 나를 빙 둘러서서 길을 막는 것이었습니다. 쉽게 생각이 들기로는 노래 잘하기로 소문난 명가수 얼굴을 가까이서나 한번 보자는 것이었겠지요. 세간에는 내가 노래는 잘하지만 얼굴은 실제로 보면 '곰보'로 얽은 얼굴이라는 소문도 있었으니까요. 아마도 진짜 곰보인지 아닌지 확인해 보려는 사람들인 듯했습니다. 그럴 때면 나는 이렇게 말하곤 했습니다.

"아니 왜 길을 막아요? 호호호, 제가 곰보인가 해서요? 자 어서 가까이 나와서 자세히, 보세요. 내가 곰보인가 아닌가를….”

그러자 나의 얼굴을 자세히 보던 중년 부인은 '실례하겠습니다' 하며 얼굴을 손으로 쓸어보기까지 하고는 '아이구머니나! 내가 헛소문을 듣고 속았댔구나!' 고 말하며 돌아섰습니다. 이쯤 되면 모여 섰던 사람들 속에서는 폭소가 터져 나오곤 했지요.

이외에도 나는 나 자신과 내 주변을 깎아내리는 어떤 헛소문에도 화를 내거나 하지 않았습니다. 물론 나도 사람인지라 화가 나지 않는 것이 아니고 억울하지 않은 것이 아니었지만 대중 스타라는 자리는 나를 더욱 여유 있고 아량 넓은 낙천적인 여자로 눌러 앉히곤 했습니다. 그래서 스타의 길은 외롭고 고통이 따른다고들 하는 모양입니다.

나의 인기는 「청춘을 찾아」, 「내일 가세요」, 「몽상(夢想)의 봄 노래」, 「남양(南洋)의 한울」, 「바다의 처녀」. 「청춘회포」, 「순애

(順愛)의 노래」 등으로 순조롭게 이어졌습니다. 스타가 있으면 아류도 있다지요? 내 인기를 따라 나와 비슷한 스타일로 「어머님 전상서」와 「초립동」을 부른 이화자가 인기가수 대열에 오르기도 하였지요.

작사가 왕평의 구술을 들어보면 나에 대한 이야기가 많았답니다.

"나는 한번은 혼난 일이서요. 왕수복, 선우일선, 김용환 등 여러분과 함께 간도 연길(延吉)로 연주를 떠나갔더니 아니 그날 밤에 마적(馬賊)이 습격한다 하여서 참으로 혼났어요. 극장에 그리도 많게 가득 찼던 군중들이 총소리에 놀라 달아나 버리고 나도 가까스로 여관으로 찾아오니 다른 분들이 어디 갔던지 행방불명이겠지요. 땀을 흘리며 그 공포의 거리를 찾아다니다가 요행 만나기는 했지만, 그날 밤 우리가 들어 있는 일본 내지 사람의 여관에 끝끝내 마적단이 달려들어 우리도 총자루를 메고 접전(接戰)을 하여 퇴각(退却)을 시켰지요.

그때 돌아 나올 때 밤에 자동차를 타고 장태를 넘는데 불시에 무인지경 외따로운 길에 몽둥이를 든 장한들이 둘이 뛰어나오며 차를 스톱 시키겠지요. 그것이 공산당원이래요. 나도 기절(氣絶)할 지경이었지만 담요 속에 몸을 감추고 숨을 죽이고 있는 선우일선 씨와 왕수복 씨를 보니 참으로 기막히겠지요. 얼굴빛이 흙빛이에요. 모두 이제는 꼭 죽었

거니 했지요. 그네들은 육혈포를 들어 공포를 탕탕 놓으며 돈을 내라
고 하겠지요. 참 기막혔지요.

그리든 차에 마침 뒤에서 등불 박힌 자동차 한 대가 달려왔지요. 우리
차가 스톱한 것을 보고 이상하게 생각하였던지 뒷 차에서 워-워- 소리
칩데다. 그러니 우리 차에 올랐던 그 공산당원들은 그만 다시 까만 아
득한 풀밭에 피신하여 버리겠지요. 참으로 요행 살었어요. 그때는 뼈
가 아슬아슬 합데다. [24]"

이처럼 나도 가극단에 본격적인 활동을 하기 시작했습니다.

나의 인기는 가는 곳마다 여러 화제를 불러 일으켰습니다. 능
숙한 사교가처럼 평양에서 서울을 오갈 때마다 화려한 조명을
받곤 하였습니다.

여기서 유행가와 가곡 사이에 선 「그리운 강남」을 빼놓고 이
야기할 수는 없지요.

정이월 다 가고 삼월이라네
강남 갔던 제비가 돌아오면은
이 땅에도 또 다시 봄이 온다네
(후렴)아리랑 아리랑 아라리요
아리랑 강남에 어서 가세

하늘이 푸르면 나가 일하고
별 아래 모이면 노래 부르니
이 나라 이름이 강남이라네

그리운 저 강남 두고 못 가는
삼천리 물길이 어려움인가
이 발목 상한지 오래이라네

그리운 저 강남 건너가려면
제비떼 뭉치듯 서로 뭉치세
상해도 발이니 가면 간다네
(작사 김석송, 작곡 안기영, 합창 김용환, 윤건영, 왕수복)

1934년 5월 폴리돌 레코드에서 신민요로 발매된 「그리운 강
남」입니다. 노래 자체도 민요조 가락이 더없이 흥겨운 뛰어난
작품이지만, 당시 폴리돌을 대표했던 인기 유행가수인 나와 김
용환, 윤건영이 함께 불렀지요. 1절은 윤건영, 2절은 내가, 3절은
김용환이 맡았고, 4절은 합창으로 되어 있답니다. 가수 세 명이
한 노래를 같이 부른 것도 흔치 않은 예이지만, 그보다는 윤건영
과 폴리돌 전속 시절 나의 목소리가 복각음반으로 전해지는 것
은 이 「그리운 강남」이 유일하다는 데에서 더욱 의미를 찾을 수

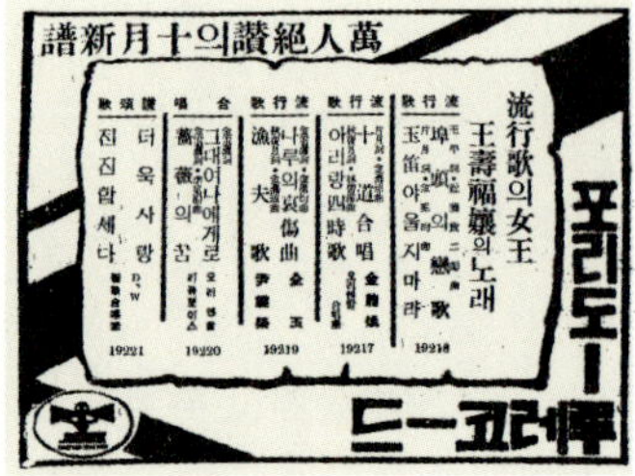

「왕수복 취입집」으로 반도제일(半島第一) 인기화형가수(人氣花形歌手) 『동아일보』 1934. 5. 11일자 광고(왼쪽). 「유행가의 여왕, 왕수복 양의 노래」『동아일보』 1935. 9. 19일 자 광고(오른쪽)

있지요.

그런데 비록 유행가수들이 불렀다고는 해도 「그리운 강남」은 사실 완전한 유행가는 아니었습니다. 시인 김석송이 노랫말을 짓고, 광복 이전 양악계에서 작곡가 겸 성악가로 크게 활약했던 안기영이 곡을 지은 것이라, 정확히 말하면 유행가라기보다 가곡에 가깝다고 할 수 있지요.[25]

하지만 양악 도입 초기에는 유행가와 가곡의 구분이 그다지 엄격하지 않았다는 점은 쉽게 짐작할 수 있지요.[26]

내가 가장 애착하는 노래 「청춘을 찾아서」는 왕평의 작사와 이면상의 작곡으로 민요풍이었습니다.

삼춘가절 어화 좋구나

만화방창 동무야

가는 봄을 꽃 수레 싣고서

저 멀리 아득한 고개로

청춘 찾아 넘어가자

안개 자욱히 춤추는 곳

봄 노래를 부르면서

어여차 어야 하 넘어 가잔다

양춘가절 어화 가구나

희망안고 벗들아

저 멀리 험난한 고개로

청춘 찾아 넘어가자

아침 노을이 불타는 곳

봄 노래를 부르면서

어여차 어야 하 넘어 가잔다

(작사 왕평, 작곡 이면상)

일제 강점기의 유일한 방송이었던 라디오 경성방송국은 1934
년 1월 8일부터 정기적으로 JODK의 호출부호를 사용하여 일본
에 한국어 제2방송을 중계 하였습니다. 이 중계방송에는 아악연
주를 비롯하여 한국의 지리, 민속을 소개하는 강연과 실황방송,

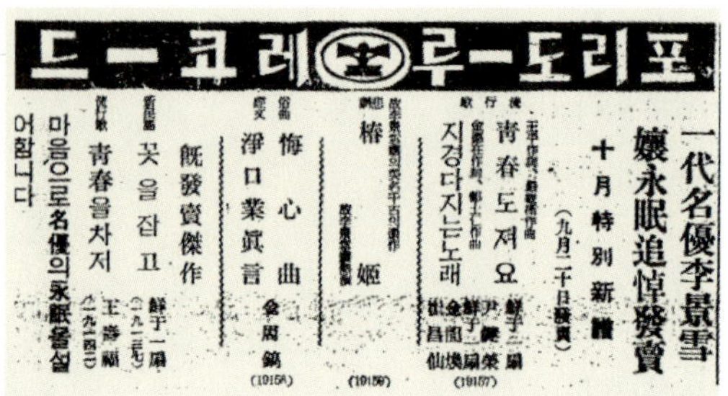

왕수복의 「청춘을 차저」 『동아일보』 1934. 9. 19 일자 광고

민요 및 유행가요, 어린이들의 창가 등이 방송되었지요.

특히 1934년 1월 8일에는 이왕직아악부(李王職雅樂部)의 아악 연주와 경성방송국 오케스트라의 반주로 나의 노래가 일본에 처음으로 중계방송되었습니다. 그때 불렀던 「눈의 사막」, 「고도의 정한」, 「아리랑 조선 민요」 등이 생각납니다. 이후 창·민요·동화 및 한국의 역사와 풍속 등이 일본에 중계 방송된 것이지요.

1934년 1월 7일자 『조선일보』에는 이렇게 나를 소개하였습니다.

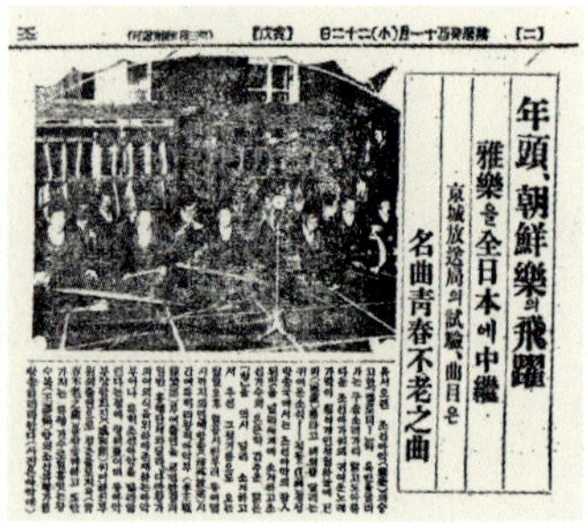

라디오 경성방송국의 해외 방송을 시험한다는 기사 내용에 이왕직아악부의 「청춘 불로지곡」과 왕수복의 유행가 방송을 소개하고 있다. 『조선일보』 1934. 1. 7. 조간

"옥 방울 굴러가는 구슬 소리같이 맑고도 아름다운 조선 아가씨의 귀여운 노래 가락이 훨쩍 개인 정월 하늘에 전파를 타고 해외를 달리는 귀여운 소식 - 조선가수의 은근히 감춘 맑은 '청'을 역시 널리 소개하고자 우선 그 첫 걸음으로 오는 8일 오후 7시 반부터 8시까지 연예 방송 시간에 유행가사로 이름 있는 왕수복 양의 조선 유행가를 방송하리라 한다."

열여덟 나이에 너무나 큰 영광이었지요. 시험적으로 일본 전역에 첫 방송된 조선의 유행가는 내 히트 곡 위주로 전파를 탔습니다. 더구나 「아리랑 조선 민요」를 불러 해외에 첫 방송이

경성방송국 라디오 프로그램에서 왕수복의 공연 내용
『동아일보』 1934. 1. 8

왕수복의 라디오 방송 소개 『조선·중앙일보』 1934. 1. 8

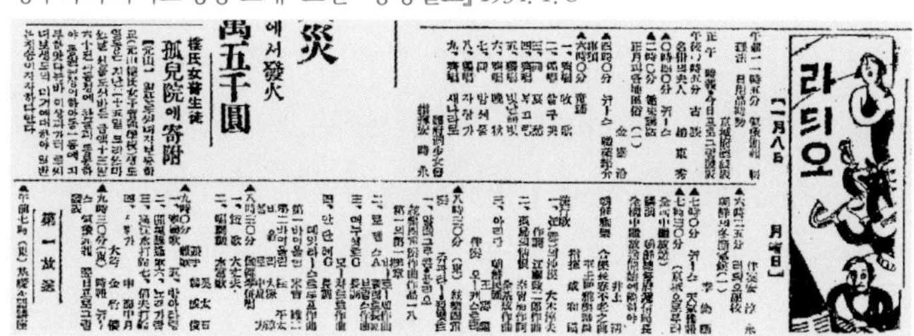

소개되었던 것도 잊을 수 없습니다.

1935년 1월 3일자 『매일신보』에서는 나에 대한 특집 기사가
나왔습니다.

"얼굴과 목소리가 아울러 고흔 왕수복 양 - 금수강산의 아름다운 풍경
을 자랑하는 평양이 그의 출생지인 관계인지 모란꽃 같이 탐스럽고 고
흔 얼굴에 꾀꼬리 소리 같이 어여쁜 노래를 듣는 사람은 누구이나 감탄
하지 아니 할 수 없을 것이다. 레코드에서 흘러나오는 노래 -「고도의
정한」 아러둘거 「내일 가세요」 등의 애련한 노래를 취입하여 수많은
팬들을 울리고 웃긴지도 여러 차례이다. 현재 포리도두 전속가수로 아
름다운 이름을 떨치고 있다. 양은 불행인지 다행인지 화류계에 몸을
던져 평양 기성권번에 기적을 두고 있으며 매일 밤마다 홍등녹주에 수
많은 유야랑으로 더불어 벗을 삼고 있는 생활을 하게 된 관계로 눈물젖
은 술잔 속에서 읊어 나오는 한 많은 노래의 특징이 있다. 그리고 특히
일본 가요(歌謠)가 유창하여 해외 내객의 이목을 놀라게 한 관계로 이
미 그 이름이 동경, 오사카 등지에까지 떨치게 되어 '미스 오-상' 이라
는 칭호를 듣게 되었다. 그는 현역이 기생인 처지라 그가 취입한 레코
드 한 번만 들은 사람이면 호기심에 한 번씩은 으레 불러 보게 되고 한
번 대하면 그 균형된 체격과 명랑한 웃음에 취하고 말아 화류계에서도
총 인기를 끌고 있는 터이다. 가수로 기생으로 두 편에 모두 혜성과 같
이 빛나는 이름을 날리고 있는 그는 꽃다운 나이 금년 19세밖에 못된지

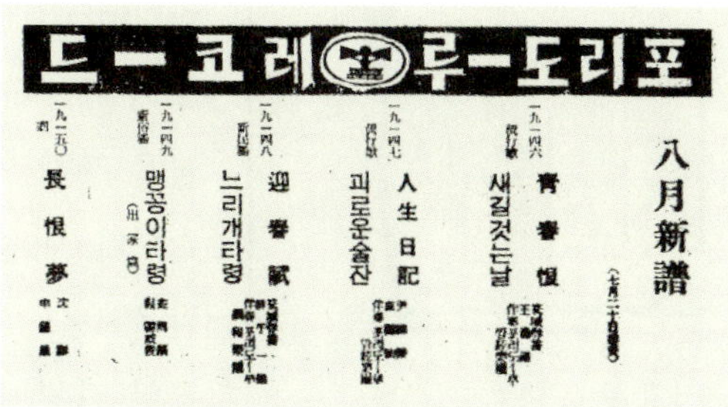

기성권번(箕城券番) 왕수복(王壽福)의 문구가 남아있는 1934. 7. 31일자 『동아일보』 광고

라 앞날의 희망도 크거니와 일반의 촉망도 많은 터이다."[27]

그해 유학을 결심하면서 이듬해 평양 기성권번의 기적(妓籍)은 정리하게 되었지요. 그 전에 레코드 회사에서는 내가 기생 출신이라는 점을 일부러 부각시켜 홍보의 수단으로 삼기도 했었습니다. 이것이 나에게는 폴리돌 레코드 회사와의 결별에 또 다른 계기가 되었지요. 유행가 가수가 대중의 인기를 먹고 사는데는 예전이나 지금이나 별반 차이가 없습니다. 하지만 유독 나와 같은 기생 출신 가수에 대한 선입견은 사람들에게 무언지 다른 외적인 모습을 기대하게 되는 것이 죽기보다 싫었답니다.

사실 대중 인기가수가 전성기에서 그 절정의 순간을 스스로 알고 내려온다는 것은 무척 힘든 일입니다. 그것을 가능하게 했

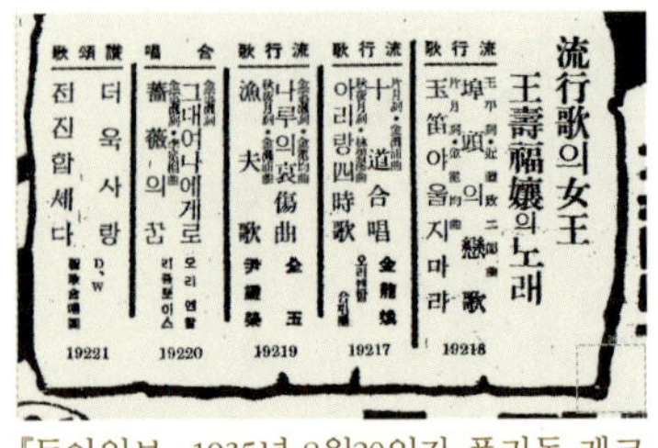

『동아일보』 1935년 8월20일자 폴리돌 레코드 음반 광고에서 왕수복은 '유행가의 여왕'으로 불리워졌다.

던 것이 바로 조선 민요의 세계화와 같은 꿈을 꾸게 되면서였습니다. 어설픈 변명 같을 수도 있겠지만, 평양 기생 출신으로 대중 인기가수가 된 몇 분의 경우를 들어서도 설명할 수 있답니다. 그때 갑작스런 나의 유학 결정으로 지금까지도 주위 많은 분들이 궁금할 것이라고 여겨집니다. 더구나 이탈리아 유학까지.

사실 당시 1935년 오케이 레코드에서는 이탈리아로 성악을 배우기 위해 유학의 길을 떠난 가수가 있었습니다. 가수는 테너 이인선(李寅善)이었고 이태리에 유학시켜 주었던 이가 바로 오케이 레코드 사장 이철(李哲)이었습니다. 따라서 테너 이인선이 이탈리아 밀라노에서 고초를 겪고 오면 오케이를 위하여 봉사를 할지 여부도 사장 이철의 수완에 달렸을 겁니다.[28]

폴리돌 레코드에서는 나와 선우일선으로 회사 자체가 혁신된만큼 유행가 레코드에 새 경지를 개척하여 이곳저곳에서 평양으로 기생 가수 탐색의 길을 떠나는 것이 유행이었습니다.[29]

후에 폴리돌 레코드 제작 회사는 나와 선우일선을 전략적 음반 취입을 하고자 고민했었다고 합니다. 예를 들면 나는 주로 유

 평양기생 왕수복 10대가수 여왕 되다

행가, 유행소곡을 음반 취입하고 반면에 선우일선은 신민요(新民謠)를 전담했답니다. 이 때문인지 선우일선은 1939년에 전속을 옮겼습니다.

'조선유행가의 밤' 공연에 참가한 왕수복 기사 『조선중앙일보』 1935. 5. 19

재동경(在東京) 기독교 청년회에서는 1935년 5월 17, 18 양일간 오후 7시부터 동경 공회당에서 『조선중앙일보』 동경지국 후원 하에 '조선유행가의 밤'을 개최된 적이 있었습니다. 그 목적은 동경에 거주하는 5만 조선인의 자녀들을 위하여 청년회가 경영하여 오던 무산(無産)아동 야학을 계속하고 또 확장할 기금을 모집하는데 있었습니다.

당시 공연은 「폴리돌 레코드」 조선 전속 예술가로 나와 전옥, 김용환, 윤건영, 왕평 등과 폴리돌 전속 관현악단이 호의적으로 출연하였지요. 또 찬조 특별 출연으로는 전일본 학생대표로 출연한 김안나(金安羅, 김용환의 동생)의 독창과 야담으로 유명한 김진구(金振九)의 야담(野談)이 있었답니다. 조선예술좌(朝鮮藝術座) 유지와 폴리돌 예술가의 합작으로 연극이 있을 터인 바 이러한 공연은 동경에서 처음 열리는 만큼 일반의 기대를 모았더랬

습니다.[30)]

더구나 1935년에 『삼천리』 잡지가 주최한 여가수 인기투표에서 최고점을 얻었던 나이니 장안의 인기를 한눈에 확인할 수 있었지요. 그건 요새 연말에 '10대 가수'를 뽑아놓는 그런 것인데 남녀 가수 각각 5명씩 팬들의 투표로 선정되는 것이었습니다. 그런데 그런 '10대 가수' 중에서도 남녀 가수를 통틀어 전체 1위는 바로 나였으니 지금의 '10대 가수 여왕' 정도로 봐줘야하지 않을까요?

왜냐하면 남자 가수 입선 5명의 총 투표매수 5,888표였지만, 여자 가수입선 5명의 총 투표매수 4,243표였지요. 그렇지만 남자 가수 제1위인 채규엽(蔡奎燁)의 투표매수 1,844표보다 나는 59표가 많은 1,903표로 진정한 1위였거든요.

그 무렵 젊은이들이 모이는 자리에는 어김없이 인기가수 투표 이야기가 나왔고 사회적으로도 알 만한 하이칼라 신사가 모인 자리에도 나의 이야기는 화제가 되곤 했답니다. 덕분에 레코드 회사에서도 내 레코드판이 불티나게 팔려 나갔음은 말할 나위도 없겠지요.

내가 지방공연이라도 하고 돌아올 때면 소나기처럼 쏟아지던 '팬레터'

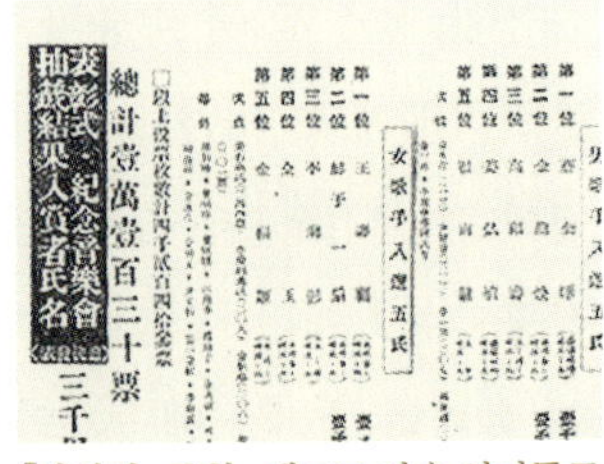

『삼천리』 주최 ; 레코드 가수 인기투표 결선발표(1935)

에 관한 이야기도 빼놓을 수 없습니다. 게중에는 순수한 격려의 편지도 있었지만 당연히 괴상망측한 협박 편지며 웃지 못할 편지들도 으레 섞이게 마련이었지요.

예를 들면 "수복 씨여, 이태리 밀라노에 가서 음악공부를 하고 와서, 세계적 성악가가 되어 주소서" 혹은 "수복 씨 당신의 목소리를 하루라도 듣지 않고서는 도저히 살아갈 수가 없습니다. 당신의 모습을 하루라도 보지 않고서는 견딜 수가 없습니다. 날 죽이지 않으시려거든 한번만 만나주십시오"[31]

물론 나는 그 많은 편지들 중에서도 진심으로 나를 위해 내 노래를 비평해준다고 생각되는 팬들에게만 답장을 보내드렸지요.

또 한 번은 이런 일도 있었습니다. 『삼천리』 잡지에 나의 기사가 실리면서 기자가 내가 살고 있던 곳을 '평양부 신창리 어느 석판 인쇄소 옆집' 이라고 써놓았었나 봅니다. 그랬더니 그 뒤로 들어오는 편지들은 모두 번지도 없이 "석판인쇄소 옆집 왕수복 씨"라고 쓰여 진 채 배달이 되었던 것입니다. 우편배달부는 한편 난감해하면서도 나를 밉지 않게 놀려대었고 더 난감한 일은 낯선 사내들이 하루에도 여남은 명씩 그 문제의 석판인쇄소를 찾아와 왕수복이 사는 집을 물었다는 겁니다. 번거로움을 참다 못한 석판인쇄소 주인은 "임자 때문에 우리 인쇄소가 광고는 잘 되는지 모르겠소만 도무지 사람이 성가셔서 귀에 못이 박히겠소"하며 불만을 터뜨린 적이 있습니다.

1937년 폴리돌 레코드 회사를 퇴사하고 나는 꿈에도 그리던 동경 유학길을 선택하게 되었습니다. 처음에는 일본 동경의 음악학교에 입학하였지만, 곧 개인교습을 받는 것으로 방법을 바꾸었습니다. 그리고 순이태리 계통으로 벨칸토 창법으로는 일본 악단에서 제일의 권위자로 지적되는 벨칸토성악연구원에서 벨트라멜리 요시코 여사의 아래에서 지도를 받게 되었지요.

성악가로 공연한 왕수복의 '무용 · 음악의 밤' 기사 『동아일보』 1938. 11.23

1938년 10월 10일 동경 재류의 조선인 자제로 조직된 중앙 소년단에서는 기본 재산을 만들기 위하여 조선 · 매신 · 동아 3지국 후원으로 12월 1일 밤 "무용과 음악의 밤"을 군인회관에서 개최하게 되었습니다. 무용에는 특히 함귀봉무용연구소 소장 함귀봉(咸貴奉)과 연구생 다수가 출연하며 음악 프로에는 동경음악계에서 활약하고 있는 명테너 가수 김영길(金永吉)과 신진(新進) 메조소프라노 내가 출연하였지요.

나는 일찍 폴리돌 회사 유행가수로서 출발하였으나 1937년에 결별하고 그 후 정식으로 성학을 연구하기 위하여 도동(渡東), 벨트라멜리 요시코 여사 문하에서 공부 중인 신진으로서 소개되

 평양기생 왕수복 10대가수 여왕 되다

었습니다. 이번 조선전래의 노래를 서양식 창법으로 노래할 터인데 이 같은 시험은 금번이 처음인 만큼 동경음악계에서도 상당히 화제가 되었답니다.[32]

이때 나는 벨트라멜리 요시코 여사 문하에서 조선 전래의 노래를 서양식 창법으로 노래하여 관중의 환영을 받았던 기억을 잊을 수가 없습니다. 그때 「아리랑」을 가곡조로 불렀던 것이었습니다.

벨트라멜리 요시코 여사는 일본 동경의 우에노 음악학교에서 교편을 잡고 있던 분으로 원래 일본인이었습니다. 예전에 이탈리아의 유명한 소설가이면서 시인이었던 벨트라멜리(Beltramelli, Antonio ; 1873 ~ 1930) 씨에게 시집가서 내내 이탈리아에서 지내다가 남편을 사별하고 동경의 음악학교로 온 것이었지요.

벨트라멜리 요시코 여사의 문하생으로 채선엽(蔡善曄, 1911~1987) 음악가를 빼놓을 수 없습니다. 그는 이화여자전문 피아노 학과를 졸업하고 연희전문 교수 현제명의 권유로 일본 유학을 벨트라멜리 요시코 여사에게로 왔다고 했습니다. 나보다 3~4년 정도 선배가 되는 셈이지요. 채선엽 선배는 1934년 콜롬비아 레코드 에서 한국 여성으로는 처음으로 「즐거운 나의 집」, 「구노의 세레나데」, 「아 목동아」 등 독창곡 6곡을 취입했습니다.

또 1937년 오사카 우에노공회당에서 독창회를 가졌고 그후 이화여대 예술대학장과 재단이사까지 지냈답니다.

아마도 내가 기생출신이 아니고 정규 교육 기관에서 음악공부를 했더라면 지금쯤 어느 누구 못지 않는 조선 민요 음악가가 되지 않았을까 하는 회환이 가끔씩 찾아옵니다.

더구나 기생학교 출신이 제도권 교육으로 편입할 수 없는 상황 때문에 '이태리 유학' 이라는 대안을 생각하게 된 것이지요. 이를 통해 일본 동경 유학은 그 상황을 새로운 안목과 조선 민요를 제대로 볼 수 있게 한 계기가 되었답니다.

나는 조선민요를 서양음악 발성법으로 불러 새로운 나만의 노래로 다시 만들어내고 싶었습니다. 「아리랑」 뿐만 아니라 「농부가」에서도 '얼널너 상사 뒤' 하는 바로 그 멜로디나 양산도의 후렴 같은 것은 세계의 어느 나라 민요에서도 찾아볼 수 없는 부드러움과 조선만의 멋이 묻어있다고 굳게 믿은 탓이지요.

이런 내가 "민요를 살리는 것이 그 민중의 전통적 음악을 살리는 첫 길이다"라고 힘주어 말할 때 벨트라메리 요시코 여사도 이렇게 말씀하시었지요.

"제 향토에서 낳아진 노래를 가지고 세계적 성악가가 되어야 합니다. 아무리 이태리 말로 잘 부른대야 이태리 사람이야 따를 길 있겠습니까. 그 뿐더러 제 향토 것이 아니면 정말의 생명의 음악이 생길 수 없는 것입니다."

나는 이 말씀이 모두 다 옳다고 믿었습니다. 그리고 나는 조선의 민요를 세계적으로 올려놓기 위해 동경에서 그다지 교제도

하지 않고, 또 연주회 같은 데 나와 달라고 여러 번 청을 받았지만 모두 다 피하고 오직 이 길에 자신이 서질 때까지 일로정진(一路精進)하려고 마음먹었습니다.

그 당시 오사카 아사히(大阪朝日) 신문에 내 사진과 기사가 실렸습니다. 담당 기자는 잠시 평양으로 어머니 1주기 법요(法要)를 지내기 위해 다니러 온 나를 만나러 오기까지 했습니다. 나는 2, 3년간 더욱 성악을 연마해서 조선의 무용을 세계무대에 소개한 최승희(崔承喜)처럼 조선의 민요를 크게 알리고 싶다는 포부를 말했습니다.

오사카 아사히(大阪朝日) 남선판(南鮮版) 1939년 4월 9일 일요일

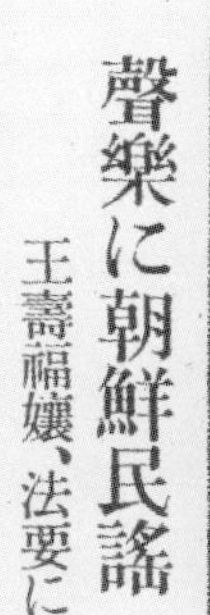

聲樂に朝鮮民謠

王壽福孃、法要に歸鄕

昨年十二月一日東京常人會館で催された聲樂と舞踊の夕に初出演し人氣をあつめた聲樂家の王壽福孃（平壤府新賞里出身）が嚴母の一周忌のためひよつこり歸つてきた

王孃は數年前半島流行歌界を風靡しＮ樂レコード會社專屬となつたが昭和十二年一月流行歌と絕緣し、ベルトラメリー能子女史に師事し正式な聲樂を勸學してゐる可憐な乙女である、平壤府新賞里に王孃を訪へば謙遜しながら語る

今度は實母の一周忌の法事のため歸つてきたのです、歌は修業中でまだ〱未完成のものです

あと二、三年も勉强すれば朝鮮に歸つてステーヂにも立ちたいと思つてゐます、崔承喜さんが朝鮮舞踊を生かしたやうに私は朝鮮の民謠を大いにうたひたいと心がけてゐます

歸鄕の王壽福孃

京城　若草（九日から）「朝日世界ニュース」「地獄街」「アトラクション」「寶賚、大毅ニュース」「忠臣藏煙出實」「劇出はたのし」▲
京龍館（十日から）新興時代劇「南風薩摩歌」松竹現代劇「風の中の子供」（十四日から）ニュース、新興現代劇「新妻の幸福」松竹時代劇「黒田誠忠錄」

성악과 조선민요

왕 수 복 양 , 법 요 에 귀 향

작년 12월 1일 동경 군인 회관에서 개최된 「음악과 무용의 저녁」에 첫 주연을 해서 인기를 끈 성악가의 왕수복 양(평양부 신창리 출신)이 친어머니의 1주기 때문에 돌아왔다.

왕 양은 몇 년 전 반도 유행가계를 풍미해 모레코드 회사 전속이 되었지만 1937년 1월에 유행가와 절연하고 벨트라멜 요시코 여사에 사사를 받아 정식으로 성악을 공부하고 있는 가련한 아가씨이다.

평양부 신창리의 왕 양을 방문하자 겸손하면서 말하였다.

"이번은 친어머니의 1주기의 제사를 위해 돌아왔습니다. 노래는 수행 중에서 아직도 미완성의 것입니다만 그리고 2, 3년 정도 공부하면 조선에 돌아가고 스테이지에 서고 싶습니다. 최승희(崔承喜) 씨가 조선무용을 살린 것처럼 나는 조선의 민요를 많이 노래하고 싶다고 유의하고 있습니다."

여기서 내가 해명해야할 잘못된 논의가 있답니다. 1938년 7월 20일에 폴리돌 레고드사에서 발매된 신민요 대중가요 「두만강 푸른물아」는 김용환이 작사 · 작곡을 했지요.

그 노래는 김정구의 친형인 김용환이 내게 준 노래이지만, 광복 후에는 「눈물젖은 두만강」 이라는 노래로 김정구 선생이 부르게 되었지요. 이 때문에 항간에는 그 노래가 나의 노래인가, 아닌가로 논란이 일어났습니다.

레코드 음반 취입(1933) 시기의 왕수복 사진

3

성악가, 다른 길에서 만난 두 남자

1940~1952년 ; 24세~36세

나의 삶에 파란만장한 또다른 굴곡이 그려지기 시작한 것은 내 나이 스물네 살이 되던 해였습니다. 지금까지 내 인생에 아프고 저린 추억으로 남아있는 그 분을 만났으니까요. 소설 「메밀꽃 필 무렵」의 작가 이효석 선생을 만나게 되었지요. 당시 일본 유학중이던 나에게 이선생님은 모든 것을 포기해도 아깝지 않을 만큼 뜨겁고도 여지없는 선택이었습니다. 그래서 그 사람을 떠나 보내고 이렇듯 오랜 세월이 흘러서도 후회는 없답니다. 그 무렵 나는 유행가 인기가수로 제법 인기를 누리고 있었지만 좀더 고상해지고 좀더 유명해지려는 욕망으로 일본 유학을 떠나 성악공부를 하고 있었습니다. 하지만 말이 좋아서 일본유학이지 세상 시선이 그렇듯 일개 하찮은 기생 주제에 타국에서의 유학이란 산 너머 산처럼 내 숨통을 조여오고만 있었습니다.

일본은 우리말 사용 금지를 강행하였고 여기에 맞물린 우리말 노래 가사 금지 명령은 결국 나를 은퇴하는 길로 이끌게 되었습니다. 바

로 그때, 내 눈에 그리고 마음에 가득 들어와버린 이 선생님은 너무 큰 운명이고 빛이었습니다. 하지만 흔히 쓰는 팔자소관이라는 말은 이런 걸 두고 하는 말이 아닐는지요. 기구하고 박복한 내 사랑은 만으로 두 해도 채우지 못하고 끝이 나고 말았으니까요. 그 분이 없는 하늘 아래 세상은 암흑이었습니다. 그리고 내 인생에 사랑은 이제 더는 없다고 생각했습니다. 물론 김광진 선생을 만나기 전까지는 말입니다. 절대 암흑 속에서 세상을 보는 두 눈마저 잃어가고 있던 나에게 김광진 선생이 다가왔습니다. 마치 밤이 지고 새벽이 밝아오듯 그런 빛을 보여주면서 말입니다. 내 인생에 아직 하나의 사랑이 더 남아있었나봅니다. 그 분을 만나 나는 사랑하는 내 아들, 딸의 어머니가 될 수 있었기에 더 애틋하게 사랑합니다. 나의 조국이 조선 광복과 6.25 전쟁을 치르는 동안 그 사람은 나에게 충분히 든든한 보호자가 되어주었습니다. 그래서 그는 내 인생의 마지막 남자가 될 수 있었습니다.

내 인생의 아픈 사랑에게

-이효석 선생을 그리워하며-

내 인생의 아픈 사랑에게

이렇게 시작하려고 하면 혹 당신은 화를 내실는지요. 당신은 나에게 아픔 밖에는 주지 못한 사람이었느냐고 말이지요. 하지만 당신을 사랑했던 만큼 더 지독하게 아프고, 당신을 사랑했던 만큼 더 칠흑같이 어두웠던 내 몸과 마음을 어찌 표현해야 할는지요.

태양이 그대를 버리지 않는 한 나는 그대를 버리지 않겠노라.

파도가 그대를 위해서 춤추기를 거절하고 나뭇잎이 그대를 위해서 속살거리기를 거절하지 않는 동안,

내 노래도 그대를 위해서 춤추고 속살거리기를 거절하지 않겠노라.

휘트먼의 시를 나에게 들려주던 당신은 지금도 고독하고 지적인 신사의 모습으로 내 눈 안에 가득합니다. 지금도 언제라도 마음만 먹으면 당신을 처음으로 내 마음에 담게 된 평양의 방갈로 다방이 눈앞에 그려집니다. 기껏해야 천하디 천한 기생 출신 유행가수의 가슴에 담기에는 솔직히 당신은 너무 높았습니다.

이효석(맨위)과 왕수복의 연애시절 사진

하지만 당신을 담아서는 안 된다고 생각하면 할수록 주위의 우정 어린 충고가 더 싫은 소리가 되고, 다방 한 켠에서 서양 고전음악에 젖어있는 당신의 모습을 외면하려 하면 할수록 당신의 야윈 듯한 모습이 더 아프게만 가슴속으로 헤집고 들어왔지요.

마침내 용기를 내어 당신께 전화를 하기까지 얼마나 오래고 지루하고 가슴 뛰는 시간의 터널을 지나왔는지 짐작이나 하실는지요. 원래부터 책 읽기에 욕심이 많았던 것이 그때는 얼마나 다행이었던지 모릅니다.

당신과 만나서 대화할 때 나의 지식이 짧아 혹여 답답해 하실까봐,

고고한 당신의 지적수준과 내가 걸맞지 않아 말 섞기를 꺼려 하실까봐,

어쩌다가 당신의 친구들과 함께 할 자리라도 있게 되면 천하고 무식한 기생 애인으로 여겨져 당신이 나를 잠시라도 부끄럽게 여기실까봐….

나는 당신의 소설 속에 등장하는 유레, 관야, 미란, 세란, 단주, 현마, 나아자, 운파, 애라는 말할 것도 없으려니와 베아트리체니 헬렌이니 햄릿이니 그레첸이니 알리사에 이르기까지 머리와 가 슴 한 켠에 꼭꼭 눌러 담아 당신을 만날 준비 또 준비를 거듭하고 있었지요.

하지만 그러면 뭘 하나요. 당신과의 인연이 그리도 어렵게 시 작된 줄을 아는지 모르는지 당신의 학생들은 내 집으로 찾아와 '우리 교수님을 사랑하지 말아주세요' 하며 읍소를 하였으니 말 이지요. 그러나 여기에 굴할 내가 아닌 것은 당신도 아시지요. 당신이 건강하지 않기 때문에 사랑하지 말았으면 좋겠다던 학 생들에게, 당신은 나와 사랑해야만 건강해질 수 있다는 말로 학 생들의 입을 막을 수 있었습니다.

당신과 어울리는 사람.

그게 바로 나이어야만 했고 당신은 내게 그 확신을 주셨지요. 사실 내 얼굴이 오목조목 예쁘장하거나 몸매가 가늘 가늘한 미 인형은 아니었지만 당신은 늘 달덩이 같은 환한 얼굴에 포도 알 처럼 맑은 눈이라고 칭찬해 주셨지요. 그래서 당신의 야윈 얼굴 을 보며 한없이 미안해지기도 심지어는 죄스러워지기도, 한편 으로는 살진 내 얼굴을 보고 있노라면 당신 얼굴도 달처럼 차오 를 때가 오지 않을까 바라고 믿곤 하였어요.

선생님, 당신은 유일하게 내가 존경하고 사랑하는 분이었습니다. 당신의 귀한 교양과 경력과 인격으로 말하자면 난 감히 당신 곁에 머무를 자격조차 없었겠지요. 하지만 당신이 내 안의 열정과 용기를 사서 사랑으로 만들었고 다시 나를 떳떳한 애인으로 만들어 주셨습니다.

나는 평소부터 소설가 남편을 만나 소설처럼 낭만적인 살림살이를 꾸려보는 것이 소원이었던 것은 당신도 잘 아셨지요. 그리고 꿈처럼 당신을 만나고 나는 잠시지만 당신을 내 꿈의 남자로 잡아두었었지요.

당신은 나를 왜 좋아하셨을까요. 당신은 당신의 돌아간 아내에게서 느꼈던 모습과 향기를 나에게서 느낀 것 같다 하셨지만, 그건 당신이 나에게 쉽게 오는 길이 아니었을까 자만해봅니다. 그래서 나의 지난 과거 속의 세 남자에 대해서도 당신은 너그러울 수 있지 않았나 합니다.

영웅이 이름을 날린대도 장군이 승전을 한 대도

나는 그들을 부러워하지 않았노라.

대통령이 의자에 앉은 것도 부호가 큰 저택에

있는 것도 내게는 부럽지 않았노라.

그러나 사랑하는 사람들의 우정을 들을 때 평생

동안 곤란과 비방 속에서도 오래오래 변함없이,

젊을 때나 늙을 때나 절조를 지키고 애정에

넘치고 충실했다는 것을 들을 때

그때 나는 머리를 숙이고 생각하노라.

부러워서 못 견디면서 황급히 그 자리를 떠나노라.

당신을 볼 수 있는 동안 나는 아무 것도 부럽지 않았습니다. 다만 당신을 진작에 만나지 못했던 것만이 원통하고 또 원통했지요.

그런데 나는 그런 당신을 남겨두고 정말 바보 같은 짓을 하고 말았었지요. 그깟 옷가지들이 뭐 길래, 내 하찮디 하찮은 짐들이 무엇이길래 당신을 두고 동경으로 갔었는지….

그때 당신과 잠시라도 떨어져 있지 않았더라면 당신 건강이 그리 악화되지도 않았을 것을.

그리워하는 마음에 더 병들게 하지도 않았을 것을.

그 옷가지들을 모두 던져버리고 그림 같은 당신 모습 앞에 그냥 그림자처럼 묻어 있을 것을….

지금도 당신의 피아노 연주 소리가 바람결인 듯 내 귀를 추억 속으로 이끌고 갈 때면 나는 어김없이 당신의 따뜻한 등 뒤에서 슬픈 새처럼 노래를 부릅니다.

나는 그대에게 한 가지 약속을 하노라. - 그대가 나를 만났기에 적당한 준비를 하기를 나는 요구하노라.

내가 올 때까지 성한 사람이 되어 있기를 요구하노라.

그때까지 그대가 나를 잊지 않도록 나는 뜻 깊은 눈초리로 그대에게 인사하노라.

당신은 나에게 읊어주셨던 이 시의 약속을 지키지 못하셨지요. 나도 당신의 세 아이를 살뜰히 보살피고 알뜰한 새댁처럼 당신과 살림을 살겠다던 약속을 지키지 못하였습니다.

그래서 더 미안합니다.

그래서 더 보고 싶습니다.

그래서 아직도 사랑합니다.

내 인생의 아름다운 사랑에게

다시 이렇게 고쳐 부릅니다. 이렇게 부르면 화가 조금 풀리실는지요. 지금 내 머리에 흰 서리 내리고 기운 적어진 목소리 가늘게 떨리지만 당신을 마지막 보내던 그때의 마음으로 진정으로 사랑합니다. 이것으로 내가 이 세상을 떠나 당신을 만나러 가기 위한 용서를 받을 수 있을는지요.

그리고 몇 생이 지나 우연의 한 길목에서 당신을 만나더라도 그때는 꼭 놓치지 않으리라. 그렇게 헤어지지 않으리라.

내 가슴은 알고 있습니다.

어디에고 그때부터 다음 생은 없다는 것을….

내 인생의 두 번째 남자, 한때는 노천명의 약혼자이던 김광진

나의 영원한 연인 이효석 선생은 현민 유진오(俞鎭午) 선생과의 동고동락하는 친구였습니다. 현민 선생은 보성전문 법학 교수로 계셨는데 한때 그 대학에서 경제학 교수로 있던 김광진 선생과 자연스럽게 알게 되었던 것이지요. 김광진 선생을 처음 만났을 때 그분은 나보다도 열네 살 연상이었고 고향 평안도에 아내까지 있었지요. 설상가상으로 도도한 노천명 시인과 약혼한 사실을 알고는 놀라움을 금할 수 없었습니다. 이후에 현민 유진오 선생의 소설에서 노천명과 김광진의 연애사건을 다뤄 장안의 화제가 되어버린 건 유명한 사건이지요. 어쨌든 그 분은 이효석 선생처럼 나를 짧은 인연으로 외롭게 두지 않았고 영원한 반려자로 남아주었지요.

29세 때의
김광진 사진

김광진(金洸鎭, 1903~1986) 선생은 평안남도 출생으로 일본에 유학하여 동경상과대학을 졸업한 인재이었습니다. 백남운(白南雲)의 동경대학 후배로 일본에서 귀국한 후 1931년 9월 조선사회사정연구소를 조직하여 활동하였었지요. 그리고 경성제국대학 법문학부 연구실 조수로 있었는데 보성전문학교의 시간강사를 맡아 오다 1932년 현민 유진오·오천석(吳天錫)과 함께 전임교수가 되어 1939년까지 경제사·상업학 등을 강의했습니다.

재직 중 각종 강연회에 강사로 활동하면서 『보전학회논집』·『동아일보』 등에 경제평론이나 조선경제사 관계 논문을 발표하였지요. 이 시기 그의 연구는 마르크스주의의 이론을 적용하여 조선 후기의 경제적 상태를 해명했으며, 한국 경제사에서 노예제 단계의 존재를 부정하였던 것으로 알려져 있습니다.

한편 시인 노천명(盧天命, 1911 ~ 1957)은 1938년 『여성』지 기자로 극예술연구회에 가입하여 체호프 원작 「앵화원」에서 귀여운 딸 '아냐'로 출연했는데, 그때 보성전문 김광진 교수는 무대 위의 노천명에 빠져 들어, 긴 사슴의 목처럼 깊고 심각한 관계가 되었다고 합니다.

이들이 처음 만난 것은 지금의 개운사(開運寺), 즉 영도사(永導寺)였는데 두 사람은 이곳에서 소개를 받게 되어 첫 인상에 서로가 좋은 인상을 남겼다고 합니다. 그렇게 자주 만나는 사이에 이미 세상 사람들은 그들이 결혼 할 것이라고 까지 믿고 축복하였겠지만 그러나 이미 구식 혼인으로 유부남이었던 김광진은 노천명보다 8살 연상으로 보성전문에서 경제사를 강의했던 마르크시스트였습니다.

나중에 김광진은 본처와 헤어지기로 하고 노천명과 약혼까지 하지만, 그 결혼은 끝내 성사되지 못했고 본처와의 이혼이 지연되면서 결국 노천명과 헤어지게 되었습니다. 한때 평양에서 고무공장도 경영하다가 광복 후 1945년 8월 17일 조선건국준비위원회 평남지부가 결성되자 무임소위원으로 선정되었습니다. 같은 해 8월 27일 조선건국준비위원회 평남지부와 조선공산당 평남지구위원회가 합작하여 평남인민정치위원회로 개편되고는 상공위원장을 맡았지요. 바로 그때 평양에 있던 나와 만나게 되었습니다. 그리고 나와의 혼인 소식이 알려지게 된 것이지요.

시인 노천명에게 그 충격은 후일 몇 가지 돌출행위로 드러났다고 합니다. 그 첫 번째는 1946년 서울신문을 사직하고 이듬해 유학을 빙자하여 일본에 밀항하려다 가족들의 맹렬한 반대로 이내 귀국한 사건입니다. 두 번째로는 한국전쟁 시 인민군이 점령하고 있던 서울에서 노천명이 문학가동맹에 가입하고 '반동문학인' 체포에 협조한 혐의로 서울수복 직후 체포돼 20년형을 선고받고 부산에서 복역했던 일입니다. 문인들의 석방운동으로 1951년 4월 다행히 출옥은 하였다지요.

남편 김광진은 해방 직후부터 백남운을 통해 남한 학자들을 입북시켜 김일성대학 교수로 임용시키는 역할을 하였습니다. 1949년 5월 김일성대학 경제학부 교원으로 임용되었고, 1952년 10월 과학원 후보원사, 경제법학연구소장이 되었습니다, 그 덕분에 나는 두 아이의 엄마로 전쟁 와중에서도 일상을 즐길 수 있었답니다. 첫 아이는 딸 김정귀, 둘째는 아들 김세왕입니다. 나는 아들에게 "인간세계의 왕이 되거라"는 뜻으로 세왕(世王)이라는 포부가 큰 이름을 지었답니다.

1954년 과학원 후보원사, 같은 해 10월 김일성대학 경제학강
좌장을 맡게 되었습니다. 이때에 그동안 아이들도 어느 정도 커
서 집 밖의 일, 즉 다시 노래를 부를 수 있는 상황이 되었지요. 고
맙게도 남편이 적극 후원해주고 외조 덕택에 짧은 시간에 북한
에서 민요를 다시 부를 수 있게 되었습니다. 나의 두 번째 전성
기가 나이 40대부터 다시 시작했지요. 남편은 1957년 3월 김일
성대학 경제학 부장교수가 되었고, 나는 이듬해 영광스러운 공
훈배우가 되었습니다.

정치활동으로는 1961년 5월 조국평화통일위원회 중앙위원,
과학원 상무위원 직책을 맡았고 1972년 12월 최고인민회의 제5
기 대의원으로 선출되었습니다. 이 와중에서 나에게는 경제 선
동 운동으로 당성을 증명해야 하는 시기가 돌아왔습니다. 운 좋
게도 김일성 주석의 아낌없는 칭찬으로 장장 10개월간 경제 선
동에 참가하기도 하였습니다.

남편은 1973년 7월 칠순에 김일성훈장을 받았습니다. 그 다음
달에 나는 기양트랙터공장 확장공사 건설장에서 10개월간 경제
선동을 합니다. 그 덕분에 나는 김정일 국방위원장에게 국가수
훈을 받을 수 있었고 환갑 생일상까지 받게 되는 영광을 입었습
니다. 그때 남편도 함께 참 기뻐했답니다. 남편은 1981년 9월 세
상을 떠나자 후 평양시 애국열사릉에 묻혔습니다. 그리고 23년
후, 나는 비로소 그 분의 곁으로 가게 되었습니다.

4 두 번째 전성기,
북한 민요가수 여신

1953~1965년 ; 37~49세

가수의 전성기는 평생 한 번 오기도 어려운데 내게는 두 번씩이나 왔다고 한다면 참 운이 좋은 편입니다. 휴전이 된 해부터 북한 중앙라디오 방송 전속 가수가 되었습니다. 그 덕분에 북한 '조선해방 10주년 경축 예술단'으로 참가하여 당시 소비에트연방 각지를 다니면서 공연을 했습니다. 특히 우즈벡 타슈켄트와 카자흐스탄 알마티 공연으로 나는 조선 가요의 여신(女神)이라는 찬사까지 받기에 이르렀습니다. 민족의 아픔을 간직한 소비에트연방의 우리 민족, 고려인들은 우리말을 잊어버려도 우리의 정서와 감정을 그대로 간직하고 있었습니다. 그때 불렀던 추야월의 작사와 이면상 작곡의 「봄맞이 아리랑」은 지금도 설레는 선율로 떠오르곤 합니다.

아리랑 넘는 길 몇 만 리던가
가며는 오지도 못 하는가요
아리랑 스리랑 마음이 변해서 소식 없나요
아리 아리 얼싸 스리 스리 얼싸
아리랑 고개는 님 가신 고개

편지가 왔기에 읽어 나보니
마음이 깊어서 못 오신다나
아리랑 스리랑 밤마다 꿈에서 나를 본대요
아리 아리 얼싸 스리 스리 얼싸
아리랑 고개는 님 오실 고개

왕수복 사진

1953년 조선전쟁이 끝나고 11월 7일 러시아 시월혁명 36주년 기념 경축 모임이 모란봉 극장에서 있었습니다. 나는 그곳에 남편 김광진과 함께 부부 동반으로 참석했지요. 그 경축 모임이 시작되기 직전, 남편은 복도에서 우연히 만난 문화선전상 부상 정율(鄭律)에게 나를 소개해주었습니다.

"정 부상 동지, 저의 처 왕수복입니다. 오랫동안 가정생활에 파묻혀 있었는데 다시 노래를 부르고 싶답니다."

남편은 웃으면서 말하였지만 나는 내심으로 놀라면서도 남편에게 고마운 마음이 들었습니다. 그때 나를 처음 보았던 정율은 나의 첫인상을 '몹시 인자하고 아름다운 여인' 으로 남겨두었다고 합니다.

40대 왕수복 사진

문화선전상 부상 정율은 본명이 정상진으로 나보다 한 살 아래였습니다. 러시아 연해주 블라디보스토크에서 태어난 그 분은 어린 시절 조선족 학교에서 한글과 한문을 익혔다고 하였습니다. 중학을 졸업한 뒤에는 1937년 중앙아시아로 강제 이주 당하여 1940년에 카자흐스탄 크질오르다 사범대학 어문학부를 졸업하였습니다. 1941년 처음으로 『레닌기치』에 시 작품을 발표한 뒤 「시인과 현실」, 「로멘찌즘에 대하여」 등의 평론을 통하여 문단에 올랐다고 합니다. 1945년 8월에 소련군 태평양 함대 해병대 소속 장교로서 나진, 웅기, 청진, 원산 해방 전투에 참가하고, 광복 뒤에는 원산시 인민위원회 교육부차장을 지냈답니다. 그 후 문예총 부위원장(1946~1948)과 김일성종합대학 러시아문학부장(1948~1950)을 거쳐 문화선전성 제1부상(1952~1955)을 지냈을 때 나와 만나게 된 것이지요.[33]

그 뒤 나는 중앙라디오 방송위원회 전속 가수가 되어 출연하게 되었고 대중의 사랑과 찬사를 받는 가수로 다시 태어나게 되었습니다. 그때부터 나는 정율의 문화선전상 사무실에 자주 찾아갔고 여러 가지 사업상의 문제나 사적인 문제들까지 의논하게 되었습니다.

내가 일제 강점기 화려한 대중가수를 그만 둔 이야기도 나누었었지요.

나라 없는 설움 속에서 제 노래도 자기 말로 부를 수 없던 1942년 그때를 회상하던 나는 문화선전상 부상이었던 정율에게 이렇게 말하였습니다.

"그때 저는 밤잠을 이룰 수가 없었어요. 나를 그처럼 믿고 사랑하는 조선 청중 앞에서 일본말로 조선 민요를 부른다는 것은 변절, 배신과도 같이 느껴졌어요. 그때 내 나의 25세, 한창 노래를 불러야 할 때였고, 또 청중의 사랑을 받을 때였지요. 그런데 가요 무대를 버린다는 것은 나에게 있어서 진짜 비극이었어요. 얼마나 울었는지 아침이면 퉁퉁 부은 눈으로 회사에 나가곤 했어요. 나는 지금도 그때를 생각하면 눈시울이 뜨거워 나곤합니다. 그러니 20여 년을 잃어버린 것으로 되었어요. 1년 동안 생각해 봐도 도저히 일본말로 내 나라 민요를 부를 수는 없었어요."

그러던 중 1955년 8월에 조선 해방 10주년 행사준비가 본격적으로 시작되었습니다. 북한에서는 소련에 해방 10주년 경축 예술단을 파견하기로 결정하고 문화선전상 부상 정율이 그 단장으로 임명되었습니다.[34]

소련으로 파견할 예술단은 모두 18명을 선발했는데, 가야금 명인 정남희, 유은경, 최승희의 딸 안성희, 그리고 나 왕수복이 포함되어 있었습니다. 예술단은 모스크바, 상트 페테르부르크, 타슈켄트, 알마티, 노보시비르스크시에서 경축 공연을 열었습니다.

8월 10일부터 시작된 한 달 동안의 순회공연 기간 동안 단원들은 한 가족처럼 가까워졌습니다. 특히 단원들은 나의 말솜씨를 좋아했는데 그들은 내 이야기가 마치 노래 같아서 때로는 처량하게, 또는 우울하게 그리고 때로는 쾌활하게 흐르는 노랫소리 같다고들 이야기하곤 하였습니다. 하지만 내가 새처럼 재잘대는 동안 마냥 편한 마음이 될 수 있었던 것은 아니었습니다.

모스크바 예유로파 여관에 조선예술단이 머물고 있었을 때였습니다. 나는 내 노래에 대한 불안감에 대해 정율 부상과 솔직한 대화를 나누게 되었습니다.

"어쩐지 정 부상 동지가 나올 것 같아서요…. 잠도 안 오고 마침 잘 됐어요. 여기 앉아보세요. 정 부상 동지, 나는 매번 공연이 끝날 때마다 절망하게 되어요. 다른 배우들한테는 박수가 쏟아지는데 나는 제대로 된 박수조차 받기가 힘드니…. 이런 절망은 처음이예요. 차라리 오지 말아야 할 걸 그랬나봐요…."

이처럼 내 심정을 털어놓았지요. 사실 당시의 러시아 사람들은 조선 민요를 받아들이기에는 무리가 없지 않았습니다. 아무리 내가 화려하게 「꽃 타령」, 「울산 타령」, 「봄맞이 아리랑」 등을 뽑아내어도 그들은 도무지 나의 레퍼토리에 반응이 없었으니까요.

그러자 정율은 이렇게 나를 위로하였습니다.

"이제 타슈켄트와 알마티에 가면 왕수복 씨가 박수란 박수를 모두 독차지하게 될 거요. 정말이오. 그곳은 모두 조선 관객들뿐이니까…."

그래도 관객들에 대한 나의 서운함은 쉽게 가시지 않았습니다.

"가요무대에서 20여 년을 살았어도 이런 냉대는 처음이에요."

해방 10주년 기념 소련을 순회 공연한 왕수복, 정남희, 유은경, 나숙희, 안성희 등의 북한 예술단 공연의 카자흐스탄 방문에 대한 『레닌기치』 1955년 9월 17일자 기사

그런 일이 있고 나서 1955년 8월 20일, 타슈켄트에서 가장 큰 나보이 명칭 오페라 극장에서 조선예술단을 환영하는 우즈베키스탄공화국 당과 정부의 환영 대회가 있었습니다. 그 대회에는 당과 정부의 고위급 지도자들이 전원 참석한 각별한 자리였습니다.

공식 환영 예식이 있은 다음 조선 예술단과 우즈베크 예술인들의 합동 공연이 관객들의 절찬 속에서 성대히 진행되었습니다. 이 대회에는 우즈베키스탄에 거주하는 조선인들도 다수 동참하였었지요. 이 공연에서 비로소 나는 뜨거운 박수갈채를 받았고 앙코르 요청도 여러 번 받게 되었습니다.

8월 21일에는 타슈켄트 시대 음악실에서 공연이 있었습니다. 이곳에서는 조선사람들로 만원을 이루어 표가 없어 장내에 입장할 수 없는 조선인들만 해도 천여 명에 달하였다고 합니다. 그래서 주최 측은 공연장 밖에 확성기를 걸고 입장하지 못한 관객들을 위한 배려를 보여주기도 하였답니다. 역시 조선사람의 노래는 조선사람에게 가장 매력적인가 봅니다.

막이 열리고 18명의 예술인들이 무대에 모습을 드러내자 장내에서 터져 나왔던 그칠 줄 모르던 박수와 환호를 나는 지금도 잊을 수 없습니다. 이 공연에서 나는 조선민요, 조선가요의 여신(女神) 대접을 받았고 미련 없이 박수와 환호를 독점할 수 있었

1955년 해방10주년 경축 순회 공연 중 레닌그라드에서 기념 촬영한 북한 예술단원들. 맨 오른쪽이 왕수복이다. 정상진(2005),『아무르 만에서 부르는 백조의 노래』- 북한과 소련의 문학 · 예술인들 회상기-, 지식산업사, p155. 재인용

습니다. 아마도 무대에 서 보지 않고서는 아무도 그 감동을 느낄 수 없을 겁니다. 박수갈채와 환호 속에서 내가 얼마나 더 아름다워질 수 있는지, 또 나의 미소가 마법처럼 관중들의 마음속에 따뜻하게 스며드는 것 같은 그런 기분을.

타슈켄트 무대에서 「봄맞이 아리랑」을 부르는 나의 모습은 세월이 지난 지금도 생생하게 떠오릅니다.

아리랑 넘는 길 몇 만 리던가

가며는 오지도 못하는 가요

아리-랑— 스리-랑—

마음이 변해서 소식 없나요

아리아리 얼싸 스리스리 얼싸

아리랑 고개는 님가신 고개

편지가 왔기에 읽어나보니

마음이 깊어서 못오신다나

아리-랑— 스리-랑—

밤마다 꿈에서 나를 본대요

아리아리 얼싸 스리스리 얼싸

아리랑 고개는 님오실 고개

(작사 추야월, 작곡 이면상)

한번은 이런 적도 있었습니다. 여러 번 앙코르 요청을 받고 무대에 다시 모습을 나타냈을 때 한 관객이 꽃다발을 들고 무대에 올라와서 내 앞에 엎드려 절을 하면서 손수건으로 눈물을 닦는 것이었습니다. 그때 천여 명의 관중들이 함께 일어서서 박수와 환호가 다시 쏟아져 나왔습니다. 그것이 바로 내 인생에서 최고 표창이며 월계관이었습니다.

정율은 당시 상황을 다음과 같이 술회했다고 합니다.

"신비로운 것은…, 소련 조선족은 20% 이상이 동화되어 모국어를 모르는 처지인데 조선민요, 조선무용을 보았을 때 보여준 그들의 환호, 열광적인 박수갈채는 무엇이었는가 하는 것이다. 아마도 민족의 얼은 피와 함께 흐르는 모양이야…"

당시 어떤 탄압으로나 어떤 말살 정책으로도 민족정신은 죽일 수 없다는 것을 이번 순회공연에서 다시 한 번 느끼면서 너무나 긍지가 생겼지요. 특히 타슈켄트, 알마티에서의 순회공연은 우리 배우들에게 해외 동포들의 애족 정신을 느낄 수 있게 하였습니다.[33]

알마티에서의 공연도 역시 나의 세상이었습니다. 노보시비르스크에서의 공연은 모스크바나 레닌그라드와 별반 다를 게 없었지만 나의 기분은 타슈켄트나 알마티에서 받았던 감명에서 아직 깨어나지 못하고 있었습니다. 덕분에 공연의 마지막까지 우리 일행은 즐거운 기분을 가지고 돌아갈 수 있었습니다.

하지만 문화선전성 부상 정율은 1955년 이후 종파투쟁의 소
용돌이에 휘말려 1957년 소련으로 귀환을 당했지요. 그 뒤 카자
흐스탄 공론국에서 활동했다가 여러 해 동안 『레닌기치』 신문사
에서 근무했다는 소식을 들었습니다. 그 뒤에도 카자흐스탄 알
마티 시에서 문필 활동을 계속하다는 말만 들었습니다.

귀국한 1955년 10월에 국립교향악단 가수로 처음으로 김일성
주석이 참가하는 '1호 행사' 에 참가하게 되었지요. 그날 공연에
서 우리 민족의 생활감정이 풍만하게 담겨져 있는 민요 「긴아리
랑」을 불렀습니다.

경기민요 「긴아리랑」은 같은 경기민요인 「아리랑」보다 길기
때문에 붙여진 이름이지요. 아리랑보다 훨씬 이전에 생겼고 곡
의 길이도 길고 느리답니다. 사설의 내용도 전혀 다르며 음의 폭
도 아리랑보다 큽니다.

만경창파 거기 둥둥 뜬 배
게 잠깐 닻 주어라 말 물어 보자
아리랑 아리랑 아라리로구료
아리랑 고개로 나를 넘겨주소.

아리랑 고개다 주막집 짓고
정든 임 오시기만 고대 고대한다.

아리랑 아리랑 아라리로구료

아리랑 고개로 나를 넘겨주소.

우연히 저 달이 구름 밖에 나더니

공연한 심회를 산란케 한다.

아리랑 아리랑 아라리로구료

아리랑 고개로 나를 넘겨주소.

　내 노래가 끝날 때마다 김 주석은 만면에 환한 미소를 담고 제일 먼저 박수도 보내주고 재청도 해주었습니다. 더구나 곁에 앉은 외국손님들에게 "저 동무는 오랜 예술인인데 노래를 잘 부른다고, 저 동무의 노래는 민족적 감정이 풍부해서 좋다"고 말도 해주었습니다.

　1959년 1월 '1호 행사' 새해 경축공연 때에는 김 주석이 "조선사람은 조선노래를 들어야 구수하고 듣기가 좋다고, 왕수복 동무의 노래는 우리 인민들이 다 좋아하니 연구해볼 필요가 있다"고 까지 했답니다. 그해 마침내 당원이 되어 공훈배우가 되었습니다.

　1965년 한국 언론에 우연찮게 나와 남편 김광진이 공개되었답니다. 당시 1965년 5월 10일 판문점을 관광하던 우리 부부가 유엔 측 언론에 사진 촬영과 대화 내용이 소개되었습니다.

"板門店에 나타난 王壽福"

"○ 북괴 고위층 부부 한 쌍이 10일 판문점에 관광차 나타나 이채 - 이 바람에 북괴기자들은 애써 '유엔' 측 기자들과 회견을 주선하기에 분주 - ○ 남자는 북괴 학습원회원으로서 교수이며 경제학 박사로 소개된 '김광진'이고 북괴 기자들이 '사모님'이라고 소개한 여인은 공훈배우라는 왕수복(王壽福)- ○ 고(故) 이난영(李蘭影) 여사와 동갑네 가수였다는 '왕'은 전옥(全玉) 씨 등 옛 연예 동인들의 안부를 물었으며 보전(普專) 때 10년간 경제학을 가르쳤다는 '김'은 유진오(俞鎭午), 홍종인(洪鍾仁) 씨 등이 자기 친구라고 자랑 -. 시원찮은 우리 기자들의 대꾸에 회견을 주선한 북괴기자들은 두 사람 보기가 민망했던지 하나

『조선일보』 1965. 5. 10일자 「색연필」에 등장한 왕수복 기사

 평양기생 왕수복 10대가수 여왕 되다

둘 꽁무니."

　이 기사 내용을 보면 두 번째 전성기를 누렸던 나에 대한 관심
과 정보가 단절되어서 일어난 일이지요. 나는 우리 부부 정도의
수준이라면 판문점에서 체제 우월성을 과시할 수 있지 않을까
하는 마음도 있었답니다.

체제 선전을 위한 삶의 마무리
1966~2003년 ; 50~86세

북한에서의 음악계는 집단 체제 창작을 중심으로 삼아 개인적인 창
작으로 독창회를 여는 것은 큰 영광일뿐더러 아주 드문 경우입니
다. 나이 팔십에 민요 독창회를 열어, 거의 증손녀 정도나 되는 소
녀 민요가수와 함께 공연한 것은 더욱 괄목한만한 일이지요.
어쩌면 사회주의 사회에서 독창회를 열어준 것만이라도 최고의 영
광이고 체제 선전의 최대한 홍보를 기대할 수 있다고 여긴 모양입니
다. 그 덕분에 1970년대 이후 민요 가수 활동을 거의 하지 못한 것
을 보상받은 셈이 되었지요. 짧은 이야기이지만 들어봐 주세요.

50대 후반의 왕수복 사진

나 왕수복의 광복 후 행적은 잘못 알려진 것들이 많습니다. 그 중에서도 민감한 것은 납북에 관한 문제였습니다. 이 때문에 한동안 남조선에서 내 유행가가 금지곡이 되기도 하였지요.

"남조선의 한 출판물에는 제가 전쟁 시기 서울에서 인민군 정찰병에 의해 납북되었다고 실렸나 봐요. 몇 해 전에 우리나라에 왔던 한 해외동포가 저를 만나서 하는 말이 남조선에서는 모두 그렇게 알고 있고 해외동포들도 대부분 그렇게 알고 있다는 것이 아니겠어요. 남조선에서는 왜 나를 납북가수라고 하는지는 알 수 없으나, 저는 평양이 고향입니다. 해방 전에는 레코드 취입을 위해 한때 서울에 나가있었던 적도 있습니다. 그러나 저는 8·15해방을 평양에서 맞이하였고 오늘까지 평양에서 살고 있습니다." -1997년 3월 5일 왕수복 구술

북한은 한국전쟁 직후인 1954년부터 조선작곡가동맹 중앙위원회가 나서서 일제 때 나온 유성기 음반과 생존한 민요 소리꾼들을 찾아내 이들의 소리를 채보, 채록하는 작업을 진행하였습니다.

젊은 민요가수들이 부른 전통 민요도 포함되었지요. 나를 비롯하여 선우일선, 홍탄실, 계춘이, 신우선, 김순희, 김정화, 장종철 등이 부른 민요가 그것입니다. 각 지역의 전통적인 민요 창법을 따르지 않고 서양식에 가까운 창법을 구사하였답니다.

 평양기생 왕수복 10대가수 여왕 되다

지금도 잊혀 지지 않는 1972년 4월초, 희천의 1만대 공작기계 생산 공장에 경제선동을 했습니다. 경제선동에서 부르는 것 중에 노동요도 차지하는 부분이 큽니다.

노동요란 노동 생활 과정에서 창조되고 불리던 노래인데 우리나라의 다양하고 풍부한 문화 유산 가운데 과반수를 차지하지요. 노동요를 통해 사람들의 작업 동작과 사상 감정을 하나로 통일시켜 주고 노동의 피로를 덜고 어렵고 힘든 일을 보다 흥겹게 하면서도 노동 능률을 높이는데 커다란 역할을 해왔으니까요. 그렇기에 경제 선동의 노래로는 제격이지요. 한번은 공장에 찾아온 김 주석이 기념 촬영에 앞서 나를 찾기도 했습니다.

김 주석은 외국 수반들과 일본 조총련 인사들에게 공훈 배우인 나를 소개해주었습니다.

1997년 4월에 김정일 국방위원장에게 받은 생일상

"조선의 이름난 가수인데 영원히 당을 받들고 조국에 복무하려고 하는 혁명화된 예술인이다."

김 주석에게서 국가수훈의 영예도 받고 환갑날에는 환갑상까지 받았습니다. 김정일 국방위원장도 나의 생일날을 잊지 않고 1997년 4월에 여든 생일상을 보내주었습니다.[35]

워낙에 민요형식과 군중가요를 좋아했던 김정일 국방위원장은 내 노래에 민족감정이 풍부하다는 평가를 했었고 노래를 잘 부르는 오랜 예술인으로 대우해 주었습니다.

그리고 그해 6월의 단오날에도 나는 힘을 다해「어화 우리 농민들아」,「조선팔경가」,「긴아리랑」,「능수버들」 등을 불렀습니다.

「조선팔경가」는 원래 선우일선이 부른 노래이지만, 이제는 내가 그것을 북한에서 부르고 있었답니다.

에 금강산 일 만 이천 봉마다 기암이요
백두산 높아 높아 창공에 솟았구나
에헤야 좋구나 좋다 지화자 좋구나 좋다
명승의 이 강산아 자랑이로구나
에 총석정 해돋이는 못 보면 한이 되고
동해의 푸른 물은 볼수록 유정하다

1997년 6월 왕수복 민요독창회 실황 모습 사진(맨위)
「왕수복 민요독창회」에서 「뻐꾹새」를 부르고 있는 왕수복 사진(위)

에헤야 좋구나 좋다 지화자 좋구나 좋다

명승의 이 강산아 자랑이로구나

에 여름의 부전고원 녹음이 우거지고

평양은 금수강산 행복의 낙원이라

에헤야 좋구나 좋다 지화자 좋구나 좋다

명승의 이 강산아 자랑이로구나

「능수버들」은 내가 북한에서 자주 불렀던 민요로 가장 좋아

하는 노래이기도 합니다.

임진강 북녘에 능수나 버들은

봄바람 타고서 춤을 추고요

해마다 풍년인 우리네 살림

봄노래 부르며 밭갈이 가네

송악산 마루에 소나무 푸르러

흰구름 아래에 백학이 날구요

우리네 마을에 풀피리소리

아이도 좋아라 봄을 부르네

강남의 제비도 흥에 겨워서

봄바람 타고서 나들이 온다네

긴사래 밭가는 한 집안 식구

이 아니 좋은가 춤을 추누나

북한에서의 음악계는 집단 체제 창작을 중심으로 삼아 개인적인 창작으로 독창회를 여는 것은 큰 영광일 뿐더러 아주 드문 경우입니다.

사회주의 사회에서 독창회를 열어준 것만이라도 최고의 영광이고 체제 선전의 최대한 홍보를 기대할 수 있다고 여긴 모양입니다. 그 덕분에 1970년대 이후 민요가수 활동을 거의 하지 못한 것을 보상받은 셈이 되었지요.

「포곡성」은 추야월의 작사와 이면상의 작곡으로 유명한 히트곡이 되었습니다.

봄바람이 가벼웁게 불고요

붉은 꽃이 아릿다이 피는데

이산에서도 뻐꾹뻐꾹

저산에서도 뻐꾹뻐꾹

뻐꾹새가 날아 든다

이산에서도 뻐꾹뻐꾹

저산에서도 뻐꾹뻐꾹

이 강산에 풍년이 온다네

이 강산에 풍년이 온다네

봄바람이 버들잎을 날리며

이화도화 방긋이 웃는 봄

이산에서도 뻐꾹뻐꾹

저산에서도 뻐꾹뻐꾹

금수강산 좋을시구

봄노래하며 뻐꾹뻐꾹

짝을 지어서 뻐꾹뻐꾹

이 강산에 풍년이 온다네

이 강산에 풍년이 온다네

그리고 내 나이 여든에 독창회를 여는 드문 행운도 안았지요. 일반적으로 독창회는 가수가 활동하는 전성기에 갖기 마련인데 80고령의 노가수가 2대, 3대 제자들과 함께 출연하는 이례적인 독창회였습니다. 사람들이 흔히 말하는 인생의 황혼기는 어김없이 나에게도 찾아왔지만 두고두고 내 생에 이어지는 듯한 내 노래에 대한 대중의 사랑은 나 자신을 행운아로 느껴지게 하기에 충분하였습니다. [35]

민요「룡강기나리」는 "조개는 잡아다 젓저리고 / 가는 님 모셔다 정들여 살자 / 바람새 좋다구 돛 달지 말구 / 몽금의 포구 에 들렸다가소"로 시작됩 니다. 이 민요는 17~19세

1997년 6월 왕수복 민요독창회 실황 모습 사진 02

기 평안남도 룡강과 강서 지방에서 널리 보급된 노동서정민요 이지요.

민요「룡강기나리」는 유창하고 구성진 이 지방의 기나리 곡 조와 흐늘어지고 무곡적인 이 지방의 '타령' 곡조가 이어진 연 속곡 민요입니다.

서도민요의 우수한 특징들을 내포하고 있는 「룡강기나리」의 곡조는 흐르는 세월과 함께 우리 민족의 생활 속에 깊이 널리 보 급되는 과정에 모내기와 김매기, 풀베기와 나무베기 그리고 물 레질 등 노동이 진행되는 곳이라면 그 어디서든지 사랑을 받으 며 불리워왔습니다.

세월이 좋아 아 정든 땅에

새 살림펴고 잘 살아 보자

연분홍 저고리 남깃소매

너 입기 좋구 나보기 좋드라

얼씨구 절씨구 지화자 좋구나

옥토벌전야에 풍년새날구

우리네 살림엔 웃음 꽃 피누나

얼씨구 절씨구 지화자 좋구나

한줌 두줌 모를 내니

노래 소리가 저절로 나누나

얼씨구 절씨구 지화자 좋구나

내일도 모래도 우리 김내는 데

건너 마을 젊은이들 김매려 오려마

얼씨구 절씨구 지화자 좋구나

북한에서는 2000년대 들어 '민족수난의 노래' 또는 '계몽기 가요' 라는 명칭으로 「낙화유수」, 「타향살이」, 「홍도야 울지마라」 등 신민요, 유행가 등 해방 이전의 흘러간 옛 노래 모음집을 발간한 바 있습니다.[37] 물론 나의 노래가 빠질 수 없지요.

가수가 자기 활동의 전성기에 가지는 것이 보통인데 나의 독창회는 출연자가 80고령의 노가수이고 또 그의 제2대, 3대 제자들이 함께 출연한 관례를 벗어난 특색 있는 독창회였습니다. 지

1997년 6월 「왕수복 민요독창회」에서 가족들에게 화환을 받고 있는 모습

금도 잊을 수 없는 첫 곡 「룡강기나리」는 제자들과 함께 불렀었고 이어 독창으로 「어화 우리 농민들아」, 「매화타령」, 「꼴망태」, 「뻐꾹새」 등을 불렀었지요. 세월이 흐르고 내 머리에 백발은 내렸지만 나는 스스로 세월을 잊으며 노래를 불렀습니다. 혹시라도 중간에 가사를 잊어버리지나 않을까 염려하지 않은 것도 아니었지요.

하지만 내 노래에 내가 젖고, 나를 바라보던 관객들도 흥에 젖어 나는 거뜬히 넘길 수 있었습니다. 나의 독창회에서 특별하게 객석의 관심을 모은 것은 11살짜리 꼬마 민요가수 최신애이었습니다. 세상에 근심 없는 얼굴과 고운 목청으로 민요 「도라지」를 한껏 뽑아낸 최신애는 내 마음마저 편안하게 해주었습니다.[38]

고령의 가수 왕수복과 소녀 가수 최신애,

구세대와 신세대의 가수를 한 자리에서 바라보던 관중들은 우리 민족 음악이 훌륭하게 세대교체가 되어가고 있음을 느꼈을 것이라 자부하고 싶습니다.

내 나이 86세를 일기로 사랑하는 내 노래와 함께 내 한 몸은 이듬해 애국열사릉에 묻히게 되었습니다. 하지만 쟁쟁하던 내 노랫소리만은 묻을 수 없었을 겁니다….

제 2 부
왕수복 관련 자료

1 평양 기생학교 관련 자료

1900년대 평양 관기 학교

사실 평양 기생학교는 본래 명칭이 '평양 기성권번(箕城券番) 기생 양성소'며 3년 학제로 운영되었다. 대동강 부근에 있었는데 그 부근 일대에 산재해 있는 10여 군데의 대규모 요릿집을 대상으로 운영하였다.

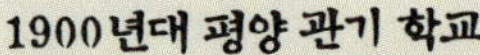

기생을 전문적으로 키우던 평양 기생학교에는 10대 소녀들이 모여 가무음곡을 익히고, 일제 말기 대동강변의 기생 수효는 무려 5, 6백 명에 이르렀다. 이는 조선말 '평양관기학교(平壤官妓學校)'에서 그 흔적을 찾을 수 있다.

1930년·1934년·1939년 세 번에 걸쳐 평양 기생학교를 탐방한 잡지 인터뷰 기사 내용을 보면 흥미롭다.

1900년대 평양 관기학교 생도 모습(맨위)[39] 1920년대 평양 기생학교의 학생들(위)

당시 평양의 기생학교는 평양을 관광하는 사람들이 반드시 들르는 명소 중 하나였다. 일본 관광객은 그곳을 방문하고 상당히 많은 글들을 남겼는데, 대부분 평양의 고분이나 유물, 고적지의 풍경 등을 감상하고 일본 국위의 위대함을 느꼈다거나 기생학교를 참관한 것이 인상적이었다는 내용이다.

평양의 기생은 조선의 다른 여성과 비교하여 교육을 받았다는 점에서 우위에 두었다. 실지로 일본인의 기생에 대한 취급은 창녀 이상도 이하도 아니었다. 그러나 일본 관광객에게 유포된 기생에 대한 설명되는 말은 '교양을 갖춘 조선의 유녀(遊女)'였던 것이다. 이처럼 기생을 새로운 제도로 탄생시키고 있었다.

당시 평양기생은 국내외를 통해 명성을 떨쳤는데도, 실제로 화대는 서울에 비해 상대적으로 저렴했으며 시간당 50전이었다. 쌀 한 가마에 20원하던 시절인데 5원정도면 3, 4명이 실컷 즐길 수 있었으니, 유흥객의 전성기이었다.

이처럼 평양 기생학교에 들어가는 동기는 대체로 하류층 자녀로서 보통학교를 졸업하는 즉시 기생수업을 받기 시작하며, 기생학교를 졸업하면 권번에 입적되어 손님을 받게 된다. 물론 왕수복은 요릿집에서 자신 예능을 팔면서 살아가고 있었다.

이 기생학교의 학생이 3년 동안의 업을 마치고는 평양, 서울, 대구, 의주 등지로 흩어져 가서 평양기생의 성가를 올렸다.

그리고 기생학교가 이 평양의 한 명물이 되어 상해, 남경 등지

 평양기생 왕수복 10대가수 여왕 되다

대동강의 모란대를 배경으로 한 평양기생

로 오는 서양 사람이나 도쿄, 오사카 등지로 오는 일본사람이나
서울 기타 각처로부터 구경 오는 귀한 손님들이 그칠 새가 없이
구경하러 찾아 왔다.

『삼천리』 잡지 탐방기 [41]

　　수양버들이 축 늘어진 연광정에서 서쪽으로 돌아 한참 가노라면 기생 아씨들이 많이 사는 채관리(釵貫里)라는 동리가 나지고 그 동리의 한복판을 조금 가노라면 또 저 유명한 평양 기생학교가 구름 속 반달가치 뚜렷이 나진다.

　　평양이 물 좋고 인물 잘나고 물화(物貨)가 은성한 곳인지라 경상도 진주와 가치 노래와 춤이 잘 발달되고 노래와 춤이 잘 발달되매 그 홍등정조(紅燈情調)가 놀랄 만큼 연연한 바 있어서 민(閔)감사(監事) 이래 색향(色鄕)으로 이름 있든 곳이니 기생학교가 두서너쯤 있는 것이 그리 괴이 하잘 것이 아니겠으나 에로(ero)직한 그 이름이 13도 재자가인의 마음을 건드리는 높은 품이 여간 아니다.

　　내가 기생학교 문턱에 발을 들려 놓기는 (1930년) 6월 6일 아침 소낙비가 두 곱 패 오고 한동안 잠잠한 사이었다. 마침 벽돌 이층으로 옛 교사(校舍)의 앞에 - 경복궁 안의 근정전을 뒤에 밀쳐 놓고 그 눈앞에 총독부가 우뚝 들어앉듯이 새 집이 들어앉으라고 공사에 분주한 때이었다.

　　벌써 대문간에 발을 들어 놓기 무섭게

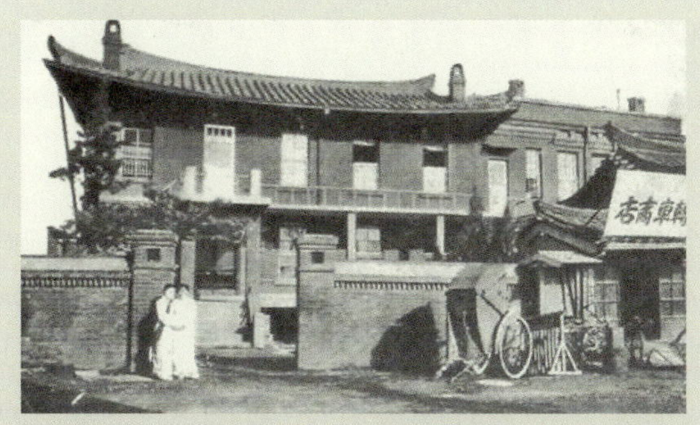

1928년 평양 기성권번 기생양성소(채관리 시절)

"간밤에 부든 바람 만정도화 다 피었다…."
하는 시조가락과
"반 남아 늙었으니 다시 젊든 못하리라"
하는 수심가 가락이 장구에 마치어 하늘 공중 둥둥 높이 울려
나오고 연지와 분과 동백기름 냄새가 마취약같이 사람의 코를
지른다.

마루 아래는 빨간 신, 파란 신, 굽 높은 외씨 같은 구
두들이 수백 켤레 놓이고 화초병풍을 두른 넓은 방 안에는 방마
다 13, 4세부터 16, 7세까지 되는 남의 집 처자들이 가락지 모양
으로 원을 짓고 돌라앉아서 혹은 사군자를 치고 혹은 가사를 배
우고 혹은 승무와 검무를 추고 있으며 있던 아이들은 단청 칠한

마루 기둥에 몸을 꼬아 기대고 서서 남이 하는 모양을 물끄러미 보기도 하고 있는데 모두 200여명 동기(童妓)들이 만발한 화초동산 같이 와자작 피고 있다.

외지인이 들어온다고 경계하는 눈치인가 모두 소근 소근 거리며 머리를 들어 나를 쳐다보는 품이 한껏 귀여웠다. 그 하얀 얼굴에 머루 알 같은 까만 눈동자가 달달 구우는 것이 어디에 죄가 있다할까. 동정녀에게서만 보는 기품과 아름다움이 나 같은 우직한 사내의 가슴조차 여간 설레게 하지 않는다.

그네들은 "너는 모란 꽃 되라. 나는 초롱 꽃 되마." 하는 듯이 제각각 차림차림을 달리하였다. 어떤 각시는 빨간 댕기에 발목까지 잘잘 흘리는 치마를 입었는가하면 어떤 아씨는 영초댕기에 연두색 치마를 궁둥이에 걸치었고 어떤 색시는 흰 저고리 검은 치마에 히사시 가미로 여학생 차림을 하였는가 하면 어떤 아이는 제비 꼬리 같은 양창에 장미꽃 리본을 달아 공연히 남을 못 견디게 군다. 그렇더라도 모두 다르게 차렸건만 마치 식물원에 온갖 꽃이 어울러져 피어 있되 어느 것이나 다 풍정이 있는 모양으로 아기자기한 인생의 꽃동산이 저절로 이루어졌다.

누구 집 부모는 귀여운 딸들도 두었군 하며 나는 이(李) 도령이 광한루 올라가듯 잔뜩 흥분이 되어 2층의 학교 사무실로 성큼성큼 들어갔다.

"네 그렇습니다. 모두 3년 동안 가르치어 평양 개명에 가히 부끄럽지 않는 명기들을 만들어내지요.”

“그래 무엇을 가르치세요.”

“1년 급 아이들에게는 우조(羽調), 계면조(界面調) 같은 가곡(歌曲)를 배워 주지요. 즉 평시조(平時調), 고조(高調), 사설조(詞說調)들을요. 그 밖에 매·란·국·죽 같은 사군자와 하늘천자는 낮고 따지자가 높다는 한문 운자(韻字)까지 또 조선어 산술 등도 가르치지요.”

“춤은 아니 가르치나요.”

“왜요. 춤은 3년 급부터 가르쳐 줍니다. 그런데 소리는 2년급 때에는 관산융마(關山戎馬)나 백구사(白鷗詞), 황계사(黃鷄詞), 어부사(漁父詞)와 같이 조금 높은 시조에다가 생황, 피리, 양금과 거문고, 젓대 같은 즉 관현악을 가르치지요.”

이 학교의 간부 되는 김 씨는 이렇게 말하면서 기성권번(箕城券番)에서 만들었다는 기생학교 노래교과서를 내어보인다.

“그러면 ‘에라 노아라’ 라거나 ‘양산도 방아타령’ 들은 아니 가르쳐 주나요. 시조만 줄곧 가르치는 가요.”

“원래 몇 해 전만해도 양산도나 방아타령 같은 것은 품에 깩긴다하여 기생들은 입에도 담지 않았답니다. 그게 어디 색주가들이나 할 소리들이지. 그러나 부르는 손님들이 그를 청하기로 지금은 그것도 가르쳐 줍니다마는… 그런 것은 모두 3년 급에 가서 알게 되지요.”

“춤은 무얼 배워주세요.”

“승무(僧舞)와 검무(劍舞)이외다. 원래 조선의 기본 춤이라는 것이 승무와 검무 두 가지인데 이것이 여간 어렵지 않아요. 그래서 3년 급 아이들에게 가르쳐 주는데 처음에는 발 떼는 법, 중둥 쓰는 법 몸 놀리는 법에만 약 20일이 걸리지요. 우리는 조선 춤에 많이 힘든 일입니다.”

“또 신식 댄스는?”

“댄스는 저 배우고 싶으면 배우라고 수의과로 넣었지요.”

이렇게 말하는 그 분의 얼굴빛은 경건한 조선 정조(情調)와 조선 순수 예술의 옹호자로 빛났다. 나는 마음이 유쾌하였다.

우리는 말을 돌리어

평양 기생학교 검무(劍舞)를 추는 사진엽서(아래)와 평양 기생학교 승무(僧舞)를 추는 사진엽서(맨 아래)

“이 학교를 졸업하면 곧 기생이 됩니까.”

“그렇지요.”

“그래 모두 평양에만 있나요. 서울의 일등 명기들이 대개 평양 기생이라는 말을 들었는데 그런 것을 보면 서울로도 많이 가는 모양이지요.”

“그렇지요. 서울이 다 신의주로다 대구로다 많이 가지

요. 아마 학교로 된 지 사년 동안에 180여명의 졸업생 중의 삼분의 이는 외지로 갔을걸요."

"또 기생학교로 입학하러 오는 학생들은 모두 평양 태생들인가요."

"평양아이도 많지마는 서울이나 황해도, 평안도로도 많이 와요."

"지금 학생수효는 모두 얼마나 되세요."

"195명이 있어요. 그런데 자, 사군자를 좀 보세요. 이것이 3년급 아이들과 졸업생들이 쳐두고 간 것이랍니다. 이중에 총독부 미술 전람회에 입선한 작품까지 있어요."

평양 기생학교에서 사군자를 치는 사진엽서

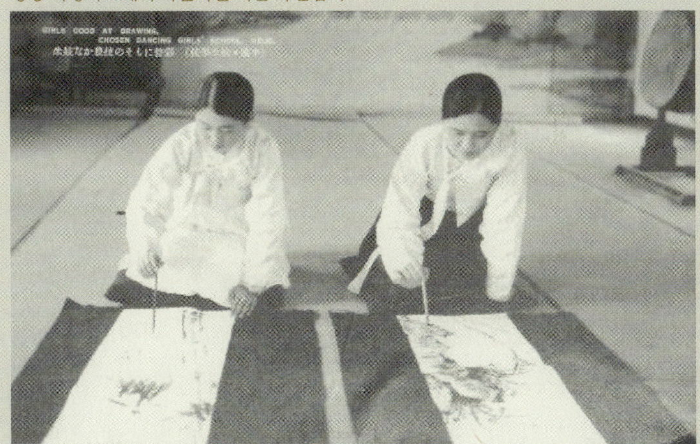

하며 매·란·국·죽을 그런 사군자를 한 아름 안아다가 널마루바닥에 쭉 펴놓고 구경하기를 청한다. 모두 얌전하다. 이것이면 옛날 왕도의 글 잘하고 그림 잘하든 옛 명기의 풍모들 연상할 만하다.

"이것을 모두 누가 가르치나요."

"노래는 박명화(朴明花), 김해사(金海史)라는 두 명기가 가르치고 그림은 수암(守巖) 선생이 가르치지요."

나는 화선(花仙), 채운(彩雲), 월향(月香) 하는 옛날 『구운몽(九雲夢)』이나 『서상기(西廂記)』나 『추풍감별곡(秋風感別曲)』같은 데나 올 듯한 로맨틱하고 호화로운 학생명부를 뒤지다가 직접 교수하는 양을 보려고 아래층에 내려 왔다.

소녀들은 선생을 가운데 두고 빙 둘러 앉아서 선생이 부르는 대로 들머리(노래의 머리 드는 것) 긴 노래 롱(弄), 편(編) 등을 이어서 합창한다. '청간수'도 나오고 '고고천빈 이룬 홍'도 나오고 '춘향거동 보소'도 나온다. 그 노래할 때마다 무아지경 하게 엷은 치마 빛깔 속으로 모시바지가 비스듬히 보이는 것이 남을 괴롭게 한다.

그 다음 방은 고깔 쓰고 장삼 입은 동기(童妓)의 승무와 『황앵무(黃鶯舞)』등 가지가지 춤이 장고, 거문고, 생황, 피리에 맞추어서 고아한 리듬과 같이 고요히 고요히 패성(평양)의 옛 도읍을 흘러내린다. 그 다음은 좀 나을 먹은 처녀들이 청황모, 무심필을

인정풍속까지평양 기생학교 사미센을 연주하는 사진엽서

'해주 먹' 으로 간 벼루 속에 살짝 풀어 헤치어 하얀 화전(花箋)을
멋지게 펼쳐 놓고 소상팔경에 나오는 대도 그리고 국화도 그린
다. 점을 찍으면 매화꽃이요. 선을 당기면 참대라. 그 대 밭 속에
서 머리 땋은 처자와 만나서 시서(詩書)를 이야기하는 중세기 귀
동자가 금시에 눈앞에 떠오르는 듯 아무튼 그림도 멋지거니와
그 태도 멋지다.

이 학교의 재산은 현재 약 2만 여원이 있다는데 학교가 되기
는 4년 전 봄이었다고 한다.

평양엔 평안감사로 민모(閔某)가 있을 때 연광정(練光亭) 부근
을 중심으로 기녀들도 전성(全盛)하였다는데 그때는 별로 학교

가 없고 서당식으로 소규모의 시설이 많았다고 한다. 이 평양기생학교가 일본 실가소녀가극단(實家少女歌劇團) 모양으로 시대사조에 따라 레뷰화(化)할는지 또는 고유한 조선 정조(情調)를 키어주는 예술의 동산이 될는지 그 운명은 멀지 않아 결정될 것이다마는 나는 어디까지든지 사라져가는 우리의 조선노래, 우리의 조선의 춤, 우리의 조선의 음악, 우리의 조선의 의복, 우리의 조선 정조를 담고 북돋고 자라나가는 예술의 아름다운 동산이 되기를 바라고 그 집을 나왔다. 대문 밖으로 나올 때까지 그 학생들은 몹시 사람을 그리워하는 눈찌로 묵례(默禮)하여 준다. 딴말이나 평양말씨는 가라고 쫓는 듯이 참아 떨어지기 싫게 여운(餘韻)이 있듯이 여자의 행동거지도 무한히 사람의 호감을 끈다. 이것은 금수강산이 정답게 함인 것인저.

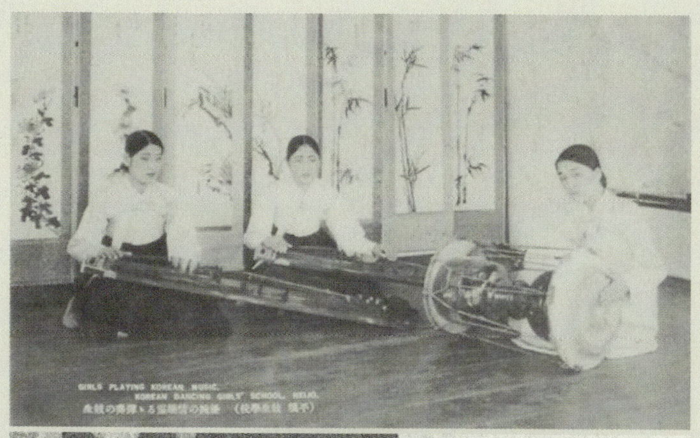

평양 기생학교 가야금과 장구를 연주하는 사진엽서(맨 위) 평양 기생학교에서 수업중인
기생 주산월과 학생들 사진

『삼천리』 잡지 탐방기[42]

연광정(煉光亭)에서 대동강을 끼고 부벽루(浮碧樓) 있는 곳으로 향하야 한참 올라가노라면 바람결에 거문고 소리가 은은히 들려오는 기정장춘관(旗亭長春館)이 있고 그리고 두어집 더 올라가면 강물 우에 호화로운 3층 다락이 가로 눕고 있는 양식 절반 조선식 절반의 커다란 건물이 있으니 이곳이 색향(色鄕) 평양에도 유명한 평양 기생학교(妓生學校)이다.

바로 작년에 교실을 신축하여 놓아서 주홍칠한 기둥에나 학

1934년 평양 기성권번 기생양성소(신창리 36)

두루미와 용(龍) 같은 오색그림을 그린 벽화가 특이하지만 아니 묻은 채 그냥 있다. 예전에는 대동문(大同門) 부근의 채관리 골목에 있더니 몇 해 아니 되어 재산도 상당히 모여 작년에 신축하여 놓은 것이다. 나는 12월 9일 석양이 연광정 아래 옷 빨기에 급한 서도 각씨들 댕기 위에 흐를 때에 기생학교 구경차로 학교 문을 두드렸다.

2층의 응접실로 들어서자 동백기름 냄새가 코를 찌른다. 어디서 간드러지게 웃는 젊은 여자의 웃음소리도 새어 나온다. 그리고 마루에는 외씨 같은 조그마한 하얀 갓신들이 짝을 지어 가지런히 여러 켤레 놓여있다. 응접실은 겨울도 달아 놓았고 등의자도 갖추어 놓은 양실로 되었다. 젊은 여사무원이 응대하여준다. 온 뜻을 간단히 이야기하였더니 대단히 반기며 자기가 앞장을 서서 학교 사무실이며, 교실이며 심지어 학생들이 자는 기숙사까지 보여 준다. 퍽이나 재미있게 보았음으로 본 대로 적으리라.

춤추는 색씨들 ● 나는 교사에게 이끌리어 맨 처음 벽돌 삼층 위에 있는 큰 교실 문을 노크하였다. 안에서는 바야흐로 춤이 벌어졌다. 무용시간(舞踊時間)인 것이다.

아마 춤을 가르치는 교실이 되어 더욱 그러하겠지만 몹시 넓다. 서울 종로 청년회관의 사교실을 연상하리만큼 약 20여 평이나 되는 대광 간으로 바닥은 판장 널로 깔았는데 윤이 흐르도록 잘 닦아 놓았다. 여기에는 맨 버선 바닥으로라야 출입하게 되었다. 이 무용교실과 이어서 또 기억자형으로 아주 넓은 강당 한 개가 있으니 이것이 아마 전교학생을 모아 놓고 무슨 훈시할 일이 있으면 하는 곳이요. 경우에 따라서는 야회장(夜會場)으로나 기생연주음악회장(妓生演奏音樂會場) 등으로 사용 하는 듯하다.

지금 무용교실에서는 (사진에서 보는 바와 같이) 왜청빛으로 삼팔장삼을 하여 입은 기생 아니 학생 넷이 칼춤(劍舞)을 추고 있다. 박자 맞춰 잘랑잘랑 젓는 칼자루의 구슬같은 방울이 울리는 소리가 들린다. 그리고 한쪽 높은 고대에는 교실모양으로 흑판이 있고 그 흑판 위에는 댄스, 교실에 가면 스텝 밟는 도해(圖解)를 기호(記號)로 하여 놓은 모양으로 검무의 박자와 승무의 발자국 떼는 순서 등을 그려 놓았다. 그 옆에서는 생황, 피리, 젓대를 갖춘 악사(樂師) 5, 6인이 삼현육각(三絃六角)을 잡히고 있다.

그 소리 멀리 대동강 일대에 아름답게 흘러내린다. 한가한 풍경이다. 나는 한참이나 곡조에 맞춰 나비같이 가볍게 춤추는 학생 옛 모양을 취하여 물끄러미 보다가 안내자의 재촉에 못 이겨 이번에는 맨 아래층으로 내려왔다. 나려오면서 듣건대 2년 급과 3학년 생도에게만 가르친다는데 지금 추던 학생이 하나가 채봉(彩鳳), 학선(鶴仙), 옥희(玉姬), 춘월(春月) 등으로 모두 17, 8세나 되는 3학년 학생들이라 한다. 그 아름다운 용모들은 과연 옛 서울, 평양의 꽃이로구나 하고 감탄 불이 하였다.

소리 배우는 학생 떼 ● 아래층 교실도 역시 구조는 마찬
가지이었다. 다만 서울 명월관의 대광 간에서 보는 것같이 호화
롭게 꾸민 산수병풍이 둘러 있고 벽에는 소상팔경을 그린 남화
(南畫)들이 부쳐 있다.

아마 저것이 바둑 두던 상산사호쯤 되고 저것이 한산사(寒山
寺)의 만종(晩鍾)인가 보다 하게 모두 그럴듯한 화제(畫題)가 부터
있다.

여기서는 가곡을 배운다. 팔구십 명 학생이 전후좌우에 벌려
앉아 제비같이 일제히 조그마한 입을 벌려가며

"반 남아 늙었으니 다시 젊든 못하리라."

하는 수심가 곡조도 배우고 또 한편에서는

"낙양 성 십리 허 높고 낮은 저 무덤에 재자가인(才子佳人)이
몇몇 치고 영웅호걸이 누구누구."

하는 길게 빼는 육자배기도 나오고 혹은 청간수도 박연폭포
도 연달아 나온다. 세련된 목소리 과연 아름답다.

듣고, 듣고 또 듣고 싶다.

그리고 한편에서는 거문고를 가르친다. 무딘 줄을 은어 같은
흰 손가락으로 꼭 누르며 박자 맞춰 날 세게 이 줄 위 저 줄 위를
날릴 때 장부의 간장을 다 녹이는 「엮음」도 나오고 「단가」, 「별
곡」도 나온다.

어떤 때는 천인(千仞) 절벽에서 떨어지는 폭포수 밑에 선 듯

웅장 호탕한 소리 들려오는가 하면 어떤 때는 갈대밭에 새벽달 흐르고 그 흐른 새벽달 아래 물새 두어 마리 고요히 나라가는 날개소리인 듯이 들릴 듯 말 듯한 연한 소리가 무드를 잡는다.

이렇게 노래와 거문고 뜻은 모양도 아름답거니와 그 앉은 모양이 오색평풍을 와락 방안에 펴 놓은 것 같다. 오색병풍이란 말이 어색하다면 겨울에 피는 동백꽃 여름에 피는 해당화 가을에 피는 국화 봄에 피는 수선화 꽃송이를 한 아름 안아 다가 와락 뿌려 놓은 것같이 모두 17, 8세 한창 피는 젊은 색씨들의 예쁜 얼굴이 오골 오골 모인 광경은 흡사 한빈유녀(漢賓遊女)가 놀던 신선 터전을 생각하게 한다.

어느 색씨 던지 연지 찍고 뽀얗게 분바르고 윤기 흐르는 머리를 내렸으니 붉은 치마 흰 저고리를 바쳐 입은 이가 있는가 하면 또 한편에는 옥색저고리에 초록치마를 입은 이들 길게 말한대도 다 표현할 수 없이 미상불 꽃 밭치다. 너르다 너르다란 때 아닌 꽃밭이 여기에 전개되어 있는 것이다.

서화배우는 동기(童妓)들 ● 그리고 그 옆에 있는 방은 일학년 학생들이 서화(書畵)치는 시간이다. 청황모 무심필을 심지 깊게 와락 풀린 종이 위에 점을 찍고 선을 긋고 곡선을 이리저리 긋는 사이에 박연폭포도 되어 나오고 부벽루 옆에 짙은 단풍잎도 되어 나오며 또 국화도 그리고 홀로 푸른 흰 눈 속 참대도

되어 나온다.

애송이 학생들이니 만큼 곁눈 팔 줄도 모르고 상급학생 같이 사내가 방에 들러 왔다고 추파 보낼 줄도 모르고 그저 모두 단정하게 꿇어 앉아 그림 그리기에 열중한다.

옛날 황진이(黃眞伊)라거나 계월향(桂月香)이 같은 기생들은 모두 매·란·국·죽을 칠 줄 알았다. 그러기에 그네들은 정승들 앞에서 휘필도 하였고 한림학사(翰林學士)들과 자리를 같이하여 시도 지었다.

오늘 이 속에 어느 가인이 옛 이름 높던 선배 기생의 뒤를 이으려 하는고.

그리고는 기숙사를 보았다. 아까 보던 귀여운 아가씨들이 여기 들어와 이불 펴고 곤한 몸을 쉬는가 함에 대갓집 규방인 듯 얼른 문을 닫고 돌라졌다.

절승(絶勝)한 삼층루(三層樓) ● 구경을 끝낸 나는 기

생학교 뒷 늘에 썼다. 순 조선식으로 꾸민 삼층 난간이 호화찬란하게 푸른 대동 강물에 그림자를 던지고 썼다. 그렇도록 이 학교 건물은 바로 강변에 섰다. 돌각 담에서 내려다보면 바로 그 아래가 출렁출렁 흐르는 대동강물이다. 지금 선교리 있는 대로 돛 단 배 두 세 척이 고요히 꿈길 가치 흘러내린다.

마당에 수양버들이나 심어 놓는다면 풍치 좋기로도 부벽루와

평양 기생학교 수업 장면

1, 2를 다투리라. 지금은 겨울이로되 그래도 눈 아래 저 멀리 부벽루와 연광정을 부감할 수 있거든 서늘한 강풍을 그리워하는 삼복 여름날 이 다락에 앉으면 이 제일강산의 어느 모퉁이가 보이지 않으랴. 실로 지리를 어떤 곳에 이 다락을 지었다.

이백 오십 명의 학생들● 사무실로 오니 소장되는 이가 일일이 자세히 설명하여 준다.

기생학교의 교수과목이라고 일러주는 것을 들으면

1학년	가곡, 서화, 수신, 창가, 조선어, 산술, 국어
2학년	우조, 시조, 가사, 조선어, 산술, 음악, 국어, 서화, 수신, 창가, 무용
3학년	가사, 무용, 잡가, 창가, 일본패, 조선어, 국어, 동서음악, 서화, 수신, 창가

무척 많이 배운다. 여기는 모두 보통학교 6학년을 마친 13살 이상 15살까지의 아이들을 받음으로 보통교육 위에 이렇게 규모 있는 각 학과를 3년씩이나 가르쳐 내어 놓는다면 그 상식이 놀라울 것이다.

여기도 여학교 모양으로 학기도, 월사금도 있다. 월사금은 1학년이 한 달에 2원, 2학년이 2원 50전, 3학년이 3원이요 따로 입학금이 3원씩 있다.

학기도 제1학기 4월 1일~8월 31일, 제2학기 9월 1일~12월 31일, 제3학기 1월 1일~3월 31일로 되어 있다. 그리고 이 학교장은 기성권번 취제역 사장이 겸임하고 있다. [43)]

현재 수용하고 있는 학생은 모두 250명의 다수에 달한다. 이 학생이 3년 동안의 업을 마치고는 평양바닥에 떨어지기도 하고 혹은 서울로, 대구로, 의주로 흩어져가서 평양 기생의 성가를 올리고 있다.

그리고 기생학교가 이 고도의 한 명물이 되어 있으니 만큼 상해, 남경 등지로 오는 서양 사람이나 동경, 오사카 등지로 오는 일본 사람이나 서울 기타 각처로부터 구경 오는 귀한 손님들이

평양 기생학교 국어 수업장면

 평양기생 왕수복 10대가수 여왕 되다

그칠 새가 없이 구경으로 찾아온다고 한다.

패성의 자랑은 이리하야 이 향기 높은 기생학교를 가졌기에 더욱 빛나간다.

나는 나오면서 여러 번 되돌아보았다. 그 가야금소리 그 춤추는 자태가 그립고 아까워서….

1930년대 학교는 보안경찰의 감독 아래에 있었다. 일제 황국 신민의 맹세를 하고 여자들은 국방부인회원이 되었다. 그런 시대상황에서 술자리의 꽃이 되어 웃음을 파는 기생을 양성하는 학교에서는 바야흐로 기생은 대대로 내려오는 직업부인이므로 이에 필요한 직업교육을 행한다고 설립취지를 설명하였다.

이에 기생학교에서 가르치는 것은 '기예(妓藝)', '기술(妓術)', 그리고 더 나아가서 '기학(妓學)'이라고까지 언급하고 있었다.

	월	화	수	목	금	토
1교시	국어(國語)	국어	작문(作文)	회화(會話)	사해(詞解)	사해
2교시	서화(書畵)	서화	서화	서화	서화	서화
3교시	가곡(歌曲)	가곡	가곡	가곡	가곡	가곡
4교시	내지패(內地唄)	내지패	내지패	내지패	내지패	회화
5교시	잡가(雜歌)	작법(作法)	잡가	성악(聲樂)	잡가	
6교시	가복습(歌復習)	음악(音樂)	가복습	작법	가복습	

이는 1939년 당시 평양 기생학교 210명의 제3학년 수업시간표로 내지패는 '일본창'을 말한다. 여기에 표시되어 있지 않은 학과로는 1학년의 창가와 무용, 2학년의 시조와 악전이 있다. '기

1934년 평양 기성권번 기생학교(신창리 36)

학(妓學)’이라는 하나의 학문이라고 주장할 정도로 다양하였다.

우선 가장 주가 되는 것은 노래였다. 우리나라 노래만해도 가곡, 가사, 시조 등 옛날엔 주로 상류의 소위 ‘사(士)’ 신분계급이 즐긴 비교적 고상한 것부터, 각지 각종의 대중적인 민요류를 망라한 잡가에 이르기까지 네 과목이 있었다.

시음(詩吟)류의 시조, 마음 속 깊은 곳부터 짜내는 듯한 비장한 남도노래, 또한 애절하게 마음을 두드리는 아리랑, 로맨틱한 도라지타령, 에로틱한 속요까지 가리지 않고 모든 것을 배우지 않으면 안 되었다.

학생들은 창으로 유명한 선배기생, 여선생들이 각각 자신들

평양 기생학교에서의 국악과 양악 협연

이 잘할 수 있는 분야에 따라 나뉘어 장기, 가야금 등으로 단계에 맞춰가며 전수를 하였다. 처음에는 소리 내는 방법부터 시작하였으나 소리 내는 일이 무척 어려워, 그 다양한 음색을 내기 위해서 오래 전엔 3, 4개월씩 밥도 먹지 않고 수련을 시켰다.

그리고 맞춤소리의 맞춤법이나 무릎을 치는 방법 등을 하나하나 손놀림, 다리놀림의 규범을 보여 주며 가르쳤다. 5, 60명의 여학생들이 이를 따르며, 제스처를 적당하게 어깨를 흔들며 태평스럽게 노래를 제창하였다.

기생들로서는 가장 관심인 서비스 방법, 손님 남자들 다루는

 평양기생 왕수복 10대가수 여왕 되다

평양 기생학교 서양식 댄스

방법은 '예의범절'과 '회화' 시간에서 배웠다. 걷는 법, 앉는 법에서부터 인사법, 술 따르는 법, 표정 짓는 법에서 배웅하는 법 등 연회좌석에서의 일거수일투족에 대해서, 무엇보다 수라간의 손님접대방법을 구분해서 상세하게 강의하였다.

그러나 물론 이 정도의 기법만으로 기생의 임무를 잘 수행해 낼 리는 없지만 타고난 소질이 있기 때문에 문제없었다. 그렇지만 확실히 기생들은 남자의 마음을 끄는 기술에 관한한 한 가지를 가르치면, 열 가지를 아는 타고난 무엇인가 있었다고 한다.

2

첫 전성기,
10대(大) 가수 여왕 관련 자료

어느 시대에나 유행하는 노래는 존재한다. 1930년대에 들어와서는 창작가요가 등장하고 민요를 서양식 음보에 맞추어 대중화에 성공하는 신민요도 탄생한다.

일제강점기, 곧 20세기의 전반기는 한국음악사에서 매우 중요한 위치에 놓여 있다. 일제강점기가 우리 역사의 근대화과정에 놓인 시기라는 일반사적 관점에서도 그렇지만, 특히 근대음악사의 발전과정에서는 그 시대가 새로운 음악문화를 등장시킨 하나의 전환기적 시기였을 뿐 아니라, 오늘을 사는 현대 음악 상황의 뿌리와 직접적으로 관련됐다는 사실 때문이다.

1935년·1939년 두 번에 걸쳐 왕수복의 잡지 인터뷰 기사 내용을 참고하면 당시 그 주변의 상황을 이해하는데 도움이 된다.

1930년대 콜럼비아 레코드 상점

신민요와 유행가의 탄생, 평양 기생 진출

일제강점기를 전환기적 시기로 보아야 하는 까닭은 급격한 사회변동에 따라 생성된 새 음악문화의 등장이 그 시대를 앞 시대와 구분 짓도록 만든 전환기적 사건의 하나였고, 그 새 음악문화의 이면에는 현행 대중가요의 뿌리에 해당하는 신민요, 유행가, 신가요, 유행소곡 등등과 같은 새로운 갈래의 노래들이 작사자와 작곡가들에 의해서 창작됐다는 사실 때문이다.

새 노래문화의 창작자들이 출현했다는 사실은 음악사적 관점에서 보면 일제강점기 이전에는 없었던 명백한 증거물이라는 점에서 커다란 의미를 지닌다.[45)]

당시까지만 하여도 음악 창작과 보급의 유일한 통로로 되고 있던 레코드 회사들에 전속된 작곡가들은 회사 측의 강요에 따라 유행가풍의 대중가요 창작에 몰두하다보니 신민요와 같은 민요풍의 가요 창작에는 눈을 돌리지 못하고 있었으며 일부 신민요곡들이 나오긴 하였으나 그 창작이 활발하게 진행되지 못하고 있었다.

다른 한편 민요풍의 가요들을 짓는다고 하여도 그것을 훌륭하게 형상할 수 있도록 민족적인 발성과 창법을 깊이 체득한 가수들이 무척 적었다. 가곡, 가사 등 전통적인 민족 가요 가창에 능하였던 가수들의 경우 신민요를 유행가의 일종으로 보면서 그 가창에 나서지 않고 있었던 것도 작곡가들이 신민요 창작에 선뜻 나서지 못하게 된 까닭이라고 볼 수 있다.

한국근대음악사의 발전 양상은 구한말의 개방화 정책과 함께 급변하는 사회 변동에 따른 여러 양상들에 의해서 드러난다. 그 급변양상의 대표적인 실례를 꼽자면, 현대식 극장의 등장, 유성기 음반의 발매, 방송국이라는 대중매체의 설립 등과 같은 음악 외적 요소들, 그리고 찬송가와 창가 보급에 따른 서양음악의 오선보와 작곡가에 의한 창작품의 출현, 판소리의 창극화와 산조의 유파 형성 등이 사회적 급변 양상의 사례들이자, 음악의 근대화 양상과 관련된 대표적인 실례들이다.

이러한 흐름 속에서 1930년대 본격적으로 작곡가에 의해서 새로 등장한 '신민요(新民謠)'라는 성악의 갈래가 일제강점기 전통 민요와 유행가의 중간 다리 역할을 맡았던 전환기적 시대 산물로 볼 수 있다.

1933년 12월 29일자 『매일신보』에서는 '현대인의 정서를 캣취한 유행가곡의 범람'이라는 제목으로 당시 '카페'의 소음에서 가정의 음악으로, 레코드의 천하로 바뀌었다는 기사가 실렸다.

오색찬란한 네온사인 속으로 흘러나오는 '재즈'… '센치멘탈'한 유행가의 멜로디에 33년의 세모는 그 기분을 심각케 하였다. 멜로디를 통한 생활 감각… 대중의 음악적 향락은 어떠한 자취를 남기었는가. 5대

축음기회사의 레코드 전선은 불꽃이 일어날 듯한 경쟁으로 매월 쏟아
져 나오는 레코드는 실로 홍수시대를 연출하였다.

33년의 레코드계는?… 이 다섯 회사가 33년안에 제작한 종류는 537
종… 이를 다시 회사별로 놓으면 ▲ 콜럼비아 200종 ▲빅타 74종 ▲포
리도루 72종 ▲새론 71종 ▲오케 120종…

그러면 올해에 잘 팔린 레코드는 어떤 것이며 가수는 누구인가? ▲콜
럼비아…처량한 밤… 채규엽 군 ▲빅타…눈물 어린 그림자… 강석연
양 ▲포리도루… 고도의 정한… 왕수복 양 ▲오케… 불사조…이난영
양 ▲새론… 포구의 달빛… 최향화 양[46]

당시 레코드 가수 중에서 그 거의를 평양이 차지하고 있었다.
왕수복을 비롯하여 선우일선, 최연연, 김연월, 한정옥, 김복희,
최명주 등을 꼽을 수 있다. 이들의 전부가 현재 기성권번의 기생
이다. 레코드 계를 평양기생들이 리드하는 것만 사실일 것이다.
두말할 것도 없이 이들이 상당한 인기를 끌고 있고 또 그렇기 때
문으로, 점점 그들의 수도 늘어간다고 볼 수 있다. 이를 시작한
이가 바로 왕수복이었다.

이러한 평양 출신 기생이 레코드 계를 평정한 요인에 대해 당
시 의견을 들어보자.

"평양이 기생의 발상지라는 점, 그 외에 평양이 옛날부터 풍류객이 많

았다는 점들을 여기서 들 수 잇을 것이다. 그 보다도 좀 더 들어가서 생각해 볼 필요가 있다. 원래 사람이라는 것은 그 사는 지방에 따라서 기질, 또는 기풍이라 함이 타당할까, 기풍이 각각 다르다. 그 원인을 다시 말하자면 거기의 풍토, 습관, 전통 등등에 따라서 달려지는 것이 있겠다. 그런데 평양사람의 기풍으로 말하면 대원군(大院君)이 평한 '맹호출림(猛虎出林)'의 기풍이라고 한다. 그러나 이 평가가 전혀 남자를 상대로 해 가지고 말한 평이란 것은 두말 할 것도 없다.

그러면 평양의 여자란 어떠한가? 섬약한가, 강인한가, 어떠한가. 나는 여기서 한 마디로 평하기를 주저치 않겠다. 평양여자의 기풍은, 좀스럽지 않은 것이 특징이요, 얼굴이 요염하지는 않지만, 대개 평양의 산수처럼 수려하다는 점이다. 이런 말은 내가 평양에 앉아 하기에는 부적당 하겠는지 모르겠지만, 그런데 여기에 있어서, 또 한 가지 생각해 보아야 될 점은, 평양사람이 다른 지방 사람보다 음악적 천분(天分)을 많이 가지고 있다는 것이다. 평양엔 문인은 적게 나도, 음악가는 많이 난다는 말이 있다.

조선 왕조에 와서 서북도 사람은 억누르는 바람에, 가슴에 뭉친 울분은 참을지언정, 전통으로 가지고 있는 정서는 버릴 수 없었다. 그 압박으로 '수심가', '배따라기' 등이 생겨난 노래이다.

이러한 음악적 전통을 바든 오늘날의 평양인은 태산교악적인 남도소리가 아니라, 안타까운 하소연같이 애끊는 노래인 '수심가'를 남녀 할 것 없이 불렀다. 오늘날까지도 중류 이하의 사람들은 소리면 으레 '수심가'인 줄 안다. 기생보고도 맨 처음 '수심가'부터 하라는 것이 상례이다. 이것이 평양인의 고유한 정서다.

오늘날은 불안의 시대이며, 평양사람들 중에서도 가장 전통적으로 음악적 생활을 하는 기생들이 중류 이하의 대중적 또는 보편적이라고 함이 타당할 런지. 음악가로서 다른 지방사람 보다 많이 배출되고 있다는 그것이 그다지 기이한 현상은 아닐 것이다. 바로 예부터 페이소스한 정서적 전통을 음악적 학문에서 받은 평양기생들이, 오늘날 기업가한데 자기네의 이익을 위하여 이른바 기업가적 안목에 제일 선착(先着)으로 들어간다는 것은 한 시간적 당연하다. 그리고 본래 기생이란, 맨 먼저 얼굴이 예뻐야 한다. 기업가의 자본주의적 상품으로서 시장에 내놓음에 있어서, 이왕이면 레코드 가수로 택하겠는데, 더구나 음악적 전통까지 가지고 잇을 뿐만 아니라, 사실에 있어서 시켜보면 한결 잘한다. 음성도 음성이려니와 얼굴까지 예쁘면 그야말로 첨상금화일 것이다. 더구나 평양기생하면, 듣기만 해도 노래는 잘 부를 걸로 상상된다."[47]

평양출생의 기생으로서 경성 화류계에서 이름이 높은 명기이면서도, 레코드 가수로서의 인기를 차지하고 있는 기생들은 쉽게 찾아 볼 수 있었다.[48]

1930년대 당시 폴리돌 레코드회사의 문예부장은 왕평(王平)이었다. 일본 폴리돌 레코드 회사는 김용환(金龍煥), 이경설(李景

 평양기생 왕수복 10대가수 여왕 되다

雪), 전옥(全玉) 등의 창립 가수들로 조선지점을 신설한 회사이
다.

당시 왕수복은 콜롬비아 레코드 회사에서 폴리돌 레코드로
넘어오게 된다. 콜롬비아에서도 전속은 아니었지만, 인기가수
이었던 것만큼 폴리돌에 와서는 '유행가 여왕'이라고 하도록 만
들려고 했다.

그 맨 첫 번 작품의 작사, 작곡에 특별한 고심을 하지 않을 수
없었다. 그래서 제1회 작품으로 이운방(李雲芳)의 작사인 '고도
(孤島)의 정한(情恨)'을 전기현(全基玹) 작곡으로 취입하게 되었다.

작곡자의 상상한 이상 묘하게 꺾어 넘기면서 가늘게 뽑아 대
성공을 이루었다. 왕수복은 건장한 몸집과 같이 목소리도 우렁
차게 기운 좋게 세차게 나왔다고 한다. [52] 특히 평양 예기학교를
졸업한 만큼 그 넘기는 데는 과연 감탄 아니 할 수 없다고 왕평의
회고가 있다. 본 성대가 아니라 순전히 만들어 내는 성대이면서
일반대중에게 열광적 대환영을 받아 「고도의 정한」은 조선유행
가 중에 가장 많이 유행되었으며 판매 매수도 조선 레코드 계에
있어서 최고 기록을 지었다.

왕수복이 평양 기생으로 세상을 놀라는 대가수가 되자, 콜롬
비아 빅타 등 각 레코드 회사의 가수쟁탈전은 평양 기생들을 싸
고 전개하였다. 그 뒤 1933년 늦은 가을 이름난 기생들은 거의
다 각 레코드 회사에 종속될 때였다.

당시 폴리돌 레코드 회사에서 조선노래를 취입하겠다는 어느 원로 가수를 찾아 평양에 가게 되었다. 그때 그 원로 가수가 상대역으로 선택하였다는 세 기생 가운데 가장 나이 어리고 인기가 없다는 선우일선(鮮干一扇)의 노래를 듣게 된다.

당시 왕평 문예부장은 "다른 가수 가운데서는 도저히 찾아 볼 수 없는 우리 조선 민요를 노래할 품가(品價) 높은 목청을 발견하였다"고 회고 한다.

폴리돌 회사는 유행가수에 왕수복이 있고, 이제 바로 민요 가수를 얻으려고 때이었다. 선우일선을 민요가수로 결정하여, 서울로 데리고 와서 김억(金億)의 작사 「꽃을 잡고」를 이면상의 작곡으로 한 겨울을 연습한 후, 이듬해 봄에 취입시켰다. 다른 가수들은 도저히 따를 수 없는 그 독특한 멜로디는 듣는 사람의 가슴을 약동하게 하였다고 한다.[49]

한 번 선우일선이 부른 「꽃을 잡고」가 판매되자, 레코드 팬들의 감격에 넘치는 환영과 예술가들의 정평으로 어제까지 한 무명의 기생이었던 선우일선은 일약 조선의 대가수로 약진하게 되었다.

김복희는 선우일선과 기성권번 기생학교의 동기 동창으로 레코드 취입도 거의 시기에 이루어졌다.

1934년 당시 레코드 계의 인기는 평양기생들이 독점하는 중이었다. 폴리돌의 소프라노 전속가수 왕수복이 혜성같이 나타난 뒤 또 선우일선이 뛰어 나와 인기를 독점하는 판세였다.

선우일선은 성량이 좋고 반씩 콧노래 썩힌 것이 민요정조를 띄어 더 발전할 아가씨야 조선의 가츠타로(勝太郎), 이치마루(市丸)라고 일부에서는 칭송이 많았다.

빅타 문예부가 독립되면서 강호에 무섭게 진출 중에, 또 대동강 가에 문예부원이 나타나 기성권번(箕城卷番)의 기생 김복희(金福姬)를 뽑아갔다.

여기에 대책하여 컬럼비아에서는 또 진남포 출생의 율니아를 뽑아갔다. 수양버들 늘어진 색향(色鄉) 평양은 당시 레코드 계를 통하여 왕좌를 점령하였다.

가수의 전속에 대하여는 각 레코드 회사에 따라 다르지만 매월 20원 내지 200원식 전속 계약금을 주었다고 한다.[58]

이 무렵의 레코드 가요의 팬의 주축은 기생들이었다. 기생들은 레코드에서 배운 노래를 술자리에서 불러 유행에 도움을 주어 레코드 회사에서 보면 큰 고객이었고 이에 따라 판매 전략이 세워지는 것이었다.

레코드 회사는 전국에 대리점을 두어 신곡이 나오면 우선 테스트만을 보낸 뒤 지구별로 대리점의 주인들을 초빙, 레코드를 틀어서 감상회를 가진 다음 즉석에서 '나는 얼마쯤 팔 수 있다'는 주문을 받는 것이 보통이었다. 이 사람들을 레코드 회사의 '세일즈맨'이라고 했는데 레코드 회사의 운명은 바로 이 세일즈

축음기 사진

맨의 수완에 달린 것이었다. [50]

이처럼 왕수복은 일제강점기 권번 출신의 인기가수로 신민요 뿐만 아니라, 그 당시의 유행가나 신가요와 같은 새 노래들을 부르게 된다. 1930년대 후반 비권번 출신의 신진남녀가수의 등장 이전까지 작사자와 작곡가에 의해서 창작된 유행가와 신가요의 가수로서도 활약함으로써, 일제강점기 가요사의 전환기적 임무를 수행했다고 보아도 무방할 듯 싶다. 왜냐하면 이들의 뒤를 이어 등장한 비권번 출신의 신진 남녀가수들이 주로 유행가와 유행소곡 또는 신가요의 가수로 데뷔했기 때문이다. [51]

당시 가요계는 차츰 레코드에서 무대로 옮겨가는 경향이 있어 연극 등 공연에서의 가수 출연이 늘어났고 이에 따라 가수들의 주머니 사정이 좋아지기 시작하였다. [52]

당시 평양에는 '명가수' 이니 '조선제일의 소프라노' 니 하고 축음기 회사의 비행기를 태우는 듯 선전이 주효하여 기생가수가 속출하고 그 인기가 상당하였다. 여기에 재미를 들던 각 축음기 회사는 명가수를 쟁탈하느라고 암투를 계속하고 있었다.

그리하여 우선 폴리돌 회사는 왕수복과 김춘홍(金春紅)을 맺는데 성공하여 1933년 8월 24일 비행기로 동경에 갔다. 당시 말로만 '비행기를 태운다' 부족하여 정말 비행기를 태우는 모양이라고 신문에서 풍자되었다.

당시 1933년 5월 27일자 신문을 보면 극명하게 알 수 있다.

"평양 기성권번 기생 왕수복과 최명주 양명이 금번 동경 콜럼비아 축음기 회사의 초청으로 조선가사를 취입하러 오는 30일 오전 3시 평양역발 열차로 동경에 향하리라는데 대체 다음과 같이 내정되었다는바 수많은 기생 가운데서 선정됨과 동시에 평양기생으로 취입케 됨은 첫번인 만큼 레코드 팬들은 다대한 흥미와 기대를 갖고 있다 한다. 취입 종목 ▲패성(浿城)의 가을 ▲신방아타령 ▲한단, 등외 4~5 종목"[53]

1935년 1년 동안 일제 강점기의 조선에서 팔리는 레코드는 120만장 정도이다. 이 중에 '조선 소리판'이 그 1/3쯤 되어, 매년 4, 50만장의 구매자를 가지고 있었다. 그 노래를 듣고 즐기는 사람을 수백 만 명을 가지고 있는 레코드 계를 움직이는 이들이 바로 '거리의 꾀꼬리' 인 가수들이었다.[54]

초기 대중 가수들의 인기측정은 물론 박수의 많고 적음이었으나, 기생전성시대인 1930년대 초에는 기생들의 인력거가 가수들의 인기를 측정하고 있었다. 이 무렵 큰 도시에 가서 공연을 할 때면 극장 뒷문에는 으레 몇 대의 인력거가 대기하는 것이었다. 이 인력거는 기생들이 인기가수를 초대, 자기를 돋보이게 하기 위해 보내는 것이었다. 공연이 끝난 뒤 '저에게 놀러 오십시오' 하여 초청하는 것이니 인력거에 올라타기만 하면 인력거를 보낸 기생을 상대로 하나에서 열까지가 무료로 융숭한 대접을 받는 것이었다고 한다.

고복수 선생의 회고를 들어보자.

"내가 「타향살이」, 「짝사랑」 등을 불러 인기가 오를 무렵에는 극장뒷문에서 나를 데려가겠다고 기다리는 인력거가 밀려 그야말로 흐뭇했던 것이었다. 그러나 OK연주단의 이철은 이 같은 모습을 몹시 싫어해서 공연이 끝나면 인원을 점검하여 여관으로 데리고 가서는 감금하다시피 집어넣는 것이었다. 한때 김용환이 「처녀총각」을 작곡하고 노래하여 크게 유행했을 때의 일이었다. 한번은 지금의 국립극장인 명치 좌에서 공연을 했는데 나와 보니 인력거가 열 몇 대나 기다리고 있었다. 겨울 추운 날이었는데도 인력거꾼들은 '기생아씨'의 분부대로 김용환을 모셔가려고 기다린 것이었다. 그는 어느 인력거의 신세를 질까하고 망설이다가 그 열 몇 대나 되는 인력거를 다 놓친 일도 있었다. 이렇게 많은 인력거가 한사람을 데려오라고 하여 경쟁이 벌어질 때는 기생방에서는 술내기를 하는 것이 보통이었다.

즉 기생들끼리 '언니가 그 사람을 모셔 오기만 하면 내가 한턱 낼 테야, 대신 못 데려 오면 언니가 한턱내야 돼요' 하는 식이었고, 웬만한 명기는 '그 가수쯤 내가 오라는데 안 와' 하는 자부심이 대단했었다. 당시 무대에 서는 가수들은 멋쟁이의 대가들이었다. 구두는 그때 돈 20원이나 하는 철피 구두에 연미복을 입고 흰 장갑에 가슴이 부풀어 보이는 주름이진 와이셔츠차림으로 나서는 것이었다."[55]

당시 평양에서 좋은 가수가 나타났다하면 이 회사 저 회사의 문예부 사람이 평양으로 출장을 간다. 기생이 많은 진주로 출장을 간다하여 레코드계에서는 이 화제로 꽃을 핀다. 레코드 가수의 운명은 자기의 성색, 성량에도 달렸지만 그 회사에서 차례가 오는 가사, 그 보다도 멜로디-곡조가 좌우한다. 그리고 그 선천적 성품에도 관계가 있는 모양이다.[56]

소설가 부인을 꿈꾸다 1935년 『삼천리』 인터뷰 [57]

왕수복의 19살 때 방안을 묘사한 글은 자못 눈부시게 그렸다.

"나일강가에 유람선을 띄어 놓고 당비파를 타고 앉았던 클레오파트라의 침실같이 온 벽을 차지한 큰 몸거울이 있는데다가 조그마한 겨울 4, 5개가 있고 방 한쪽으로 자개를 물린 3층 화초장, 까맣게 윤이 흐르게 칠한 양복장, 그리고 좋은 산수화, 뭐라 말할 수 없는 아름다운 향기. '이몽룡'이라면 여기에 모두 운을 붙일 수 있으련만 이러한 미묘한 정서에는 뚱딴지인 내가 무엇이라고 표현하랴. 오직 화려한 생활과 아름다운 여왕을 여기에서 발견하였을 뿐."

1935년 당시 인터뷰한 내용을 들어보자.

나는 달콤한 술에 취한 듯 한참 어리둥절하다가 수만 명 독자가 나의 방문기를 기다리고 있으리란 생각에 정신을 내어

나. 어디서 나왔어요?(이런 일에는 '햇내기' 아니란 듯 서슴지 않고 인제 한 마디 던졌다.)

王. 저요, 저는 평양이야요. 창전리(倉田里) 장거리 까외다.

나. 그러면 나기를 평양, 자라기를 평양, 죽기를 평양! 아뿔싸 벌써 돌아
가서 쓰겠어요. 어째든 대동강하고는 어릴 때부터 친하였던 게구
려. 그런데 지금 방기(芳紀)는?

王. (가벼이 웃으며) 방기랄 것 있어요. 대정 6년 사월 스물 사흘 날 났
답니다.

나. 그럼 열아홉 이구만 인생 열아홉! 이건 너무 좋은 때 구만요. 지금
참 정 좋으실 철.

王. 그래도 남들이 보기에는 저의 생활은 호화롭고 웃음 속에 사는 듯
하지만 저에게도 슬픔과 외로움과 탄식이 많이 있답니다. 저는 워
낙 운명(運命)의 고아(孤兒)여요. 세 살적 아버지를 여의었어요. 너
무 오래전 일이 되어 아버지 얼굴조차 잘 기억하지 못합니다마는
속담에도 '조실부모(早失父母)한 이상 세상에 낙(樂)이 반감(半減)
이라' 고 그 말이 옳아요. 그렇게 되니 우리 4남매는 어떻게 해요. 어
머니 슬하에서 울기도 많이 하고 아버지 그리운 생각도 많이 하면
서 자라났답니다. 이럭저럭 학교라고 이곳 명륜보통학교(明倫普通
學校)에 들어섰지요. 그래서 산술도 배우고 한문도 배우고 여러 동
무들과 먼 장래 이야기도 하고 즐겁게 소녀시절을 지내셨지요. 그
러다가 내가 열 살 나던 해, 보통학교 삼학년에 올라가자 우리 집안
에 큰 문제가 생기었어요. 그것은 다른 것이 아니고 저어! 에이 슬
픈 이야기는 그만 두지요. 선생님도 들어서 오직 성가실 뿐 일걸요.

나. 어서 말씀하세요. 누구나 초년고생 업는 이가 있을라고.

王. 그럴까요. 글쎄… 그래서 학교를 퇴학하였어요. 저는 학비 때문에 마저 다닐 수 없으니까요. 그때 학비도 염려 없이 있어서, 학교를 순조롭게 마치었던들 미국 공부하고 지금쯤은 이화전문학교 여교수쯤 되고 그리고 무슨 박사쯤 되었을 런지 몰랐지요. 그러고 난 뒤는 어머님 말씀이 있어 기생학교(妓生學校)에 들어갔지요. 네 물론 지금 있는 이곳 평양기생학교이지요. 그래서 성적은 좋았답니다. 열세 살 때에 우등으로 졸업했어요. 그런 뒤는 내친 거름에 기생이 되었지요.

나. 기생되기 싫지 않았어요?

王. 기생이 된 동기가 있지요. 언니가 나보다 먼저 기생이 되어 있었답니다. 그래서 화려한 옷을 입고, 언니가 늘 웃으며 다니는 것이 한편 부럽기도 하였습니다. 그런 뒤 한번은 평양성에 서선명창대회(西鮮名唱大會)가 열리었지요. 나는 출연하였다가 어쩐지 고대속요는 싫어져 그제부터는 민요나 요즘 유행가를 배우고 싶어 그편으로 노력하였답니다. 유행가 연습을 자꾸 했지요. 남모르게.

나. 그리고는?

王. 그것이 재작년(1933년) 5월이었지요. 서울 콜롬비아 회사에 입사하여 처음으로 다섯 장 10면을 취입하였지요. 그 뒤 사정으로 다시 폴리돌 회사와 계약을 맺고 거기 입사하였어요.

나. 폴리돌에 가서는 몇 장이나 넣었어요.

王. 글쎄요. 이럭저럭 서른 장을 넘을 걸요.

나. 다 좋았겠지만 그중에도 가장 잘 되었다고 스스로 만족하는 것은.

王. 「고도(孤島)의 정한(情恨)」이여요. 내 심정을 붓으로 그려 노은 듯

펴이나 좋게 생각하는 노래였지요.

나. 또?

王. 그리고는 「청춘(靑春)을 찾아」

나. 그런데 대체 하루하루를 어떻게 보내세요.

王. 아침 열한시나 열두시면 꼭 일어나요. 늦잠꾸러기지만 정오를 지

내본 적은 없답니다. 안심하세요. 그리고 피아노 연습을 좀 하고 권

번(券番)에 갈 준비를 하고 그리하여 청하는 손님을 따라 밤 열두시

새벽 한 시까지 이곳저곳 요정(料亭)에서 노동하지요.

나. 노동(勞動)?

王. 그럼요. 오락(娛樂)이 아니고 노동(勞動)이지요.

나. 밤에는 노래와 춤을 팔고 낮에는 레코드에 취입을 하고 그래서 한

달 수입이 얼마나 되세요. 젊은 아가씨에게 연령과 수입을 묻는 것

은 여간 실례가 아니겠지만 여러 독자는 그런 것을 꼭 듣고 싶어 해

요.

王. 수입이야 대중없지요. 많을 때도 있고 적을 때도 있지요. 나라에 다

니는 관리나 은행 회사에 다니는 셀러리 맨 이면 월급이 일정하겠

지만, 저희들 수입은 뜬구름 같답니다. 많이 생기는 달은 7·800원

도 되고 못 생기는 달이면 3·400원도 되구요.

나. 그 많은 돈 다 무얼 하세요. 한 달 생활비는 얼마나 들건대?

王. 수입이 일정치 못하니 지출도 일정하지 못하지만 평균 잡으면 100
　원쯤 될는지요.

나. 그래 얼마나 돈이 있으면 마음에 만족하겠어요.

王. (웃으며) 백만 원!

나. 백만 원을 가지고 무엇 하게?

王. 큰 악기점과 서점을 차리지요.

나. 어째서 거기에 그렇게 마음이 끌려요.

王. 큰 악기점이니까 좋은 피아노를 칠 수 있겠고 큰 서점이니까 좋은
　책도 맘대로 볼 수 있고 그것 안 좋아요.

나. 그건 너무 큰 문제니까 뒤로 미루고, 대체 지금 제일 기쁠 때가 어떤
　때여요.

王. 어서 이 추하고 남의 노리개 감 같은 기생 직업을 떠나게 됐으면 기
　쁘겠어요. 그리고서 자유롭게 좀 더 공부하여 좋은 노래를 불려드
　리고 싶어요. 그것이 저의 일생의 소원이랍니다.

나. 노래 취입에도 불쾌한 때가 있어요?

王. 있고말고요. 가령 취입한 소리판이 잘못 되었다고 그것을 짓밟아
　없애 버리고 새로 소리판 넣을 때는 꼭 울고 싶어요. 슬퍼요.

나. 자, 인제 연애하던 말씀이나 하시구려. 때는 봄, 몸은 청춘 시절은
　강남제비 올 때. 이러할 때 젊은 사람들의 화제는 음악이 아니면 춤,
　춤이 아니면 연애 이야기가 구수하여 듣기 좋아요.

王. 구수? (웃으며) 구수하다면 어폐(語弊)가 있구만요. 연애는 생전에

한 일 없어요. 혹 한번 만난 어른 가운데 다시 한 번 더 보았으면 하고, 가볍게 그리워지는 분은 있지만 어디 그 정도가 연애는 아니겠지요.

나. 그럼 마침 잘 되었소이다.

王. 뭐가요.

나. 왕수복 씨에게 애인이 있었던 말이 퍼지면 천하의 호남자들이 얼마나 슬퍼하고 애타하고 실망할까요.

王. 그건 또 왜요.

나. '사내들 심리' 란 아무쪼록 처녀대로 아무쪼록 어느 놈팽이 붙지 않고 있었으면 해요. 제가 동경(憧憬)하는 여성에게는. 그래 그는 그렇다하고 장차 어떤 사내를 남편으로 골라잡겠어요. 어떤 직업, 어떤 성격가진 이에게 일생을 맡기겠어요?

王. 성격이나 직업만 보구야 어떻게 정하겠어요. 제 마음에 맞으면 그만이지요. 글쎄요. 말로는 차마 못해서 글로 통정하는 이도 좋고요. 월급쟁이도 좋고요. 둔중한 이보다 신경질한 분이 좋아요. 문사(文士)가 좋아요.

나. 그래서 이제 시집가서 남의 아내가 되어 가정 살림을 맡아 하게 되면 얼마나 가지면 생활비가 될 것 같아요.

王. 아모래도 200원 정도는 한 달 수입이 있어야 할 것 같아요. 200원이 많으면 170~180원 정도는 있어야 할 것 같아요.

나. 그러면 상대 남성의 나이는.

王. 6, 7년이상이 좋아요.

나. 아까 말에 시를 쓰고 소설을 쓰는 문사(文士)를 좋아 하신다구요? 그런데 조선 형편에 어느 문사치고 200원이나 170~180원 생활비를 다달이 만들 사람이 몇 이나 된다구요? 그런 분이 출현하기를 기다리자면 검은 머리 팥 뿌리 될 때까지 기다려야 할 터이니 일이 되겠습니까. 차라리 양행(洋行)이나 해서 배필 고르는 것이 좋을 걸요.

王. 문사(文士) 남편이 얻어진다면 100원 정도로 참지요. 호호호.

나. 끝으로 한마디 더 묻겠어요. 언제쯤 생활 혁명을 일으키겠어요. 눅거리 기생살림을 발로 부수어 버리고 예술가로 나서겠어요.

王. 올봄! 올봄을 두고 보세요.

이렇게 이야기하고 왕수복 양은 다시 나를 위하여 피아노 한 곡조 타준다. 그리고는 아름다운 목소리로 「고도(孤島)의 정한(情恨)」이란 레코드에 넣은 그 노래를 불러 준다. 둥-당-하는 묘한 음률이 담장 밖으로 흘러 나가 봄바람을 타고 고요히 평양 성중에 펴진다.

성악계의 '최승희'를 꿈꾸다 1939년 『삼천리』 인터뷰[58]

다음 인터뷰 기사를 살펴보면 다음과 같다.

1939년 3월에 평양 신창리(新昌里)의 아담한 골목을 도라 곱게 단청 칠한 문간에 섰다. 여기가 한때는 레코드 계에 그 연연한 노래로서 장안 남녀를 울려 왕자의 지위에 군림하였고 지금은 동경에 들어가 가요수업에 일심정진하고 있는 미스 왕수복 씨의 집이다. 어머님 소상으로 일년 만에 나온 씨를 나는 그 방에서 맞이할 수 있었다.

방 안에는 등신대(等身大)의 몸거울이 놓여 있고 서가 위에는 이태리의 원서 몇 권과 『바람과 함께 사라지다(風と共に去りぬ)』의 소설 등 몇 책이 있어 이 여주인공의 교양의 높음을 보이고 있었다.

나는 경이의 눈으로 그의 유복(裕福)스럽게 생긴 얼굴을 쳐다보며 이 색시의 머리를 타진키로 했다.

"이 『바람과 함께 사라지다(風と共に去りぬ)』를 보서요."

"네. 첫 권은 이미 동경에서 보았고 그 하권을 이번 가지고 나와서 틈틈이 보고 있어요."

"미국 독서 사회에서는 크게 환영 받았다 하나 이것이 이 댁이 서가에까지 실릴 줄은 참으로 놀랍고도 기쁜 일인데요."

"왜요. 우리는 보아서 안 되나요. 호호호 그 아메리카의 남북전쟁에 취재한 것이 퍽이나 마음을 끌려요. 문체도 참신하고 묘사도 좋구요."

"또 무얼 읽었어요?"

"『퀴리부인전』"

영미에서 50만 부가 팔렸고 17개 국어로 번역되었고 동경에서도 벌써 20판인가 30판째인가 나온다는 이 유명한 작품을 실은 나는 아직 보지 못하였다. 그런데 미스 왕은 벌써 통독하였다 한다. 부끄러운 일이다.

"그렇게 좋은 작품이든가요."

하는 물음에 그는 고개를 설레설레 흔들면서

"소설이 아녀요. 소설이라기보다, 한 위대한 여성의 전기예요. 그런데 소설 이상으로 사람의 마음을 흔들어요. 읽는 사람을 감격케 해요. 작자도 유명한 소설가가 쓴 것이 아니라 퀴리 부인의 따님인 '에브(Eve Curie : 1904~?)'라는 여자가 썼어요. 그저 진실하게 점잖게 썼는데."

"내용은?"

"오늘날 과학문명에 큰 혁명을 일으킨 저 라듐이 있지 않아요. 그 라듐을 발견하기까지의 퀴리 부인의 눈물겨운 노력을 그린 것이야요. 퀴리 부인은 가난한 집에 태어났대요. 그래서 시골 구석에서 가정교사로 있다가 파리에 나와 고학생이 되었다가 천재 물리학자와 결혼하여 온갖 고생 끝에 라듐 원소를 발견하지요. 그러다가 남편은 죽고 저는 전쟁이 터지자 종군 간호부로 돌아다니고 이 노력 속에서 이 고난 속에서 천분을 완성하는 그 거룩한 여성의 기록인데 여기에서 얻어지는 것이 참으로 많다 군요."

"그리고는 또 다른 책은."

"지드의『좁은 문』, 그리고는 날 것이나. 도스토예프스키의 것을 좀 읽어요.『죄(罪)와 벌(罰)』같은 것도 그러나 읽기는 하지만 뭘 알아야지요. 호호호!"

"그러면 조선 것은?"

"춘원선생의『애욕(愛慾)의 피안(彼岸)』을 작년 동경 갈 때에 선우일선에게서 빌어가지고 갔다가 최근에 보았는데 요지간『사랑』을 보고 싶은 생각이 나요."

이태리를 그리워하며

"노래는 많이 정진되었어요."

"예술에는 더구나 음악에는 천분이 있어야 하는데 제가 뭘 재주가 있어야지요. 그러나 이태 동안 발성법이며 많이 배웠어요."

"정식으로 음악학교를 다니셔요."

"처음에는 다니다가 지금은 유명한 여교사의 개인교수를 받고 있어요. 저 선생님도 아실 걸요. '벨트라멜리' 라구요. 채선엽(蔡善葉)씨도 이 분 문하에서 배운 이지요. 내지인(內地人) 여자인데 이태리의 유명한 시인 벨트라멜리 씨에게 시집가서 이태리에 오래 가 있다가 남편을 사별하고 돌아와서 우에노(上野) 음악학교에서 교편을 잡은 분인데 *原義江이나 三浦環씨보다 그 교수법이 좋다고 전국에서 치는 이야요. 그리고 퍽이나 인정미가 있는 중년 부인이에요. 이번에도 자기가 관서지 방으로 여행할 터이니 이 달(4월) 스무날까지만 천천히 고향서 놀다가 돌아오래요.”

“그이한테서 배울 것을 다 배워 가지고는? 조선에 나오겠어요.”

“원래 처음에 폴리돌과 인연을 끊고 동경에 뛰어 들어간 것은 한 10년 공부하려 결심했든 탓이지요. 그런데 인제 겨우 3년도 못 되었으니 벌써 나오겠어요. 좀 더 공부하지요.”

“이태리로?”

“늘 꿈으론 동경하고 있어요. 벨트라멜리 선생도 한번 꼭 가라고 그래요. 그러나 학비를 누가 줍니까. 이태리에 가 있자면 위체(爲替) 관계로 한 달에 5,6백 원은 든대요. 생활비에 그렇게 많이 드는 것이 아니라 그곳 음악교수에게서 개인교수를 받아야 한다는데 한 시간에 20원씩 이래요. 1주일에 세 시간은 받아야 할 터이니 수업료만 벌서 얼마 입니까. 가고 싶은 생각이야 불 붙듯 일어나지만 학자금(學資金)이 망연하답니다 그려.”

“일전 오사카(大阪) 아사히(朝日) 기사에 보니까 최승희 씨가 무용을 통하여 조선예술을 세계에 빛나게 하듯이 수복 씨도 음악을 통하여 그 중에도 조선 독특의 민요를 통하여 조선예술을 크게 빛나고 싶다 하셨는데.”

“네. 그렇게 생각하여요. 제가 최승희 씨 모양으로 천분만 있다면 그렇게 하고 싶어요. 안 되더라도 그렇게 되려고 정성만은 다 하려 해요. 조선민요가 좀 좋습니까. 진실로 예전에는 멋도 모르고 남 하는 흉내로 한 곡조 두 곡조 불러 왔지만 지금에 음악이 무엇인지 발성법이 어떤 것인지 한두 가지 알아 가면서 돌이켜 생각하니 진실로 조선민요는 우수한 로켈 칼라를 가진 위대한 예술품이에요. 그것을 인제야 저는 발견했어요. 다만 이것을 재래 것대로 그냥 두어야 소용없지요. 이것을 양악조(洋樂調)로 편곡도 고쳐 하고 서양음악의 발성법으로 불러야 세계적 레벨에 오를 한 독특한 음악이 될 것으로 알아요. 그렇기에 민요를 살리자면 뛰어난 편곡자(編曲者)와 그리고 새 발성법으로 부르는 가인(歌人)이 있어야 하겠어요.”

“들은 즉 작년 가을 동경 군인회관(軍人會館)에서 수복 씨가 오래간만에 침묵을 깨뜨리고 노래를 불러 절찬을 받았다더니 그때 역시 조선민요를 불러 섰는가요.”

“네. 지금 말씀한 양으로 조선민요를 양악(洋樂) 발성법에 쫓아 첫 시험으로 불러 봤더니 다행히 환영을 받았어요. 내가 부른 노래는 이태리 노래 몇 가지와 그리고 아주 옛날 조인 ‘아리랑’ 이었지요.”

“가령 양악조(洋樂調)로 편곡과 창법을 한다면 이 ‘아리랑’ 이외 민요를 구체적으로 생각하여 보았어요.”

“삼남(三南)에서 부르는 농악(農樂)의 일종인 저 농부가(農夫歌)의 그 ‘얼널너 상사 뒤’ 하는 그 멜로디라든지 양산도(梁山道)의 후렴이란다든지 모두 다 어느 나라 민요에서도 찾기 어려운 부드러움과 조선 멋이 들어 있지 않습니까."

그러면서 미스 왕은 고은 목청을 고요히 놓아 몇 가지의 멜로디를 들려준다. 과연 놀랍게도 아름답다. 이것이면 옛 노래라고 돌보지 않던 신체(新體) 민중에게도 절대한 호평을 받을 것 같다.

"민요를 살리는 것이 그 민중의 전통적 음악을 살리는 첫 길인 줄 알아요. 벨트라멜리 요시코선생도 늘 그런 말씀을 하여요. '제 향토에서 낳아진 노래를 가지고 세계적 성악가가 되라고요. 아무리 이태리 말로 잘 부른대야 이태리 사람이야 따를 길 있겠느냐고요. 그 뿐더러 제 향토 것이 아니면 정말의 생명의 음악이 생길 수 없다' 고 저는 이 말씀이 모두 다 옳다고 믿어요."

"좋은 말씀이군요. 아무쪼록 성공하서요. 조선민요를 세계적으로 살려 놓고 나오서요."

"감사합니다. 저는 동경에서도 별로 교제도 않고 또 연주회 같은 데 나와 달라고 여러 번 청을 받지만은 모두 다 피하고 오직 이 길에 자신이 서질 때까지 일로정진(一路精進)하려고 생각합니다."

그러면서 그 정열적인 눈에서는 예술가군에게서만 발견되는 예지와 총명과 흥분의 빛이 빛나고 있었다. 밤 열시 이렇게 늦도록 까지 나는 양(孃)의 이야기에 존경의 머리를 가지고 듣다가 나왔다. 이 뒷날 반도악단(樂壇)에 높은 새사람 한 분을 얻은 것이 심히 만족하다.

1930년대 레코드 전성기와 권번 기생

1930년대 일반인들이 근대성을 경험할 수 있었던 조건으로서는 우선 라디오, 축음기 영사기 등의 '기계'들과 전람회, 박람회, 운동회, 영화관, 유람단 등에 의해 형성되는 '조직'이라 할 수 있다. 이 시기에는 스포츠가 볼거리와 유흥의 대상으로서 등장하기 시작했고, 미국 영화의 상영으로 도시적 감수성, 서구화된 육체와 성에 대한 개방적 관심이 증폭되었으며 이에 따라 '모던 걸'과 '모던 보이'가 거리로 쏟아져 나오게 된다. 영화가 영사기라는 새로운 문물의 시각적 충격에 의해 시작되었다면 유행가 또한 축음기라는 놀라운 기계에 의해 촉발되었고 라디오라는 전파 매체를 통해 확산되었다. 유성기의 유행은 동시대적으로 들어오기 시작한 서구 유행이 식민지 조선에서 현대적인 대중 사회를 형성하던 시기와 일치했다.[59]

한말 유성기(留聲器)와 더불어 구미에서 들어온 레코드는 실로 당시의 사회를 놀랄만한 문명의 기계였다. 1899년(광무 3) 3월 13일 『황성신문』에는 다음과 같은 기사가 실렸다.

"西洋 格致家에서 發明한 留聲器를 買求하야… 置하였는데 其中으로 歌笛笙瑟聲이 運機하는 出하야 完然히 演劇場과 如하니…"[60]

이 신기한 '소리판'을 구경하려는 사람들이 줄을 지었고, 조정에서도 이를 구경하기 위해, 일본인 기술자가 녹음장치를 가지고 고종황제 앞에서 당시 광대로서 유명한 박춘재(朴春載)의 노래를 취입하였다. 노래가 끝난 후 토시[61] 처럼 생긴 녹음기 속에서 노랫소리가 울려나오자 고종은 깜짝 놀라며, "춘재, 네 명(命)이 10년은 감했겠구나"라고 말했다 한다. 당시 사람들은 녹음기가 정기(精氣)를 빼앗아 간다고 생각하였다.

한국에서 외국 레코드가 처음으로 판매된 것은 1908년 2월 미국 빅터 회사에서 취입한 『한국 서울 성도채옥창부서창(聖桃彩玉唱夫西唱)』(박용구 소장)으로 이 레코드는 한쪽 면만 녹음된 것이다. 1913년 『매일신보』에는 "새 소리판 왔소. 소리 넣은 사람 송만갑(宋萬甲)·박춘재(朴春載)·김연옥(金蓮玉)·조모란(趙牧丹)…"이라는 레코드광고가 실려 있어 초창기의 취입은 조선창(朝鮮唱)이 주류를 이루었음을 알 수 있다.

1920년대에 들어 레코드 산업의 발달과 더불어 레코드음악은 본격적으로 대중화시대를 맞이하였는데, 1926년 현해탄에서 정사(情死)한 윤심덕(尹心憲)의 유작(遺作)인 「사(死)의 찬미」가 레코드음악의 확산에 기폭제적인 계기를 마련하였다.

1927년에서 1930년 초반까지는 '유행소곡(流行小曲)'이라는 타이틀이 붙은 레코드가 출현하여 새로운 대중가요의 시대를 열었다. 1928년 채규엽(蔡奎燁)이 취입한 「봄노래」, 1929년 이애리수(李愛利秀)가 취입한 「황성옛터」가 모두 이때의 유행가이다.

특히 「황성옛터」의 작곡가 전수린(全壽麟)은 이 곡으로 한국적 유행가의 비조(鼻祖)가 된다. 1929년 이철(李哲)은 오케레코드사를 설립함으로써 최초로 한국인에 의한 레코드사가 출현하였다.

유성기는 1930년대가 되자 전기 녹음 방식이 개발되어 좋은 음질의 음반이 나오게 되었고, 그 보급이 급속도로 확산되었다. 1930년대 중반에 이르러 음반 산업은 황금기를 구가하기 시작했다. 이러한 호황은 1941년 태평양 전쟁이 발발하면서 전시동원체제로 유행가 음반 산업이 침체될 때까지 지속되었다.[62]

유성기의 대중적인 유행은 1935년에 와서야 가능해진다. 1935~1936년 당시 SP판 음반의 판매량이 1백만 장을 넘어서서 비로소 레코드 업계의 황금기가 찾아들기 시작했고, 조선에서만 축음기 소유자가 30만 명을 넘어섰다.[63] 바로 1935년 12월호 『월간음악』에는 당시 축음기(蓄音機)의 보급대수가 30만 대임을 알렸다.

1930년대 일본에서 레코드를 취입해 오던 시대에는 레코드의 판매경쟁이 볼만했다. 1920년에서 1930년대는 레코드 가요의 전성기였고 따라서 모든 가요는 레코드로서 보급되었으니 판매경쟁은 치열했다. 이때는 판로가 조선전역은 물론, 만주와 일본까지 뻗쳐서 히트했다면 10만장은 거뜬하게 팔리는 것이었다.

그 후 1935년을 전후해서 레코드는 공전(空前)의 붐을 일으켜 창가·유행가·동요와 더불어 양악도 처음으로 출반되었다.

노래는 작곡가와 작사가의 손을 거친 다음, 가수에게 전해지는 것이 일반적이다. 그러나 작곡가와 작사가의 의도가 노래의 성격을 결정짓는 것인지, 아니면 가수가 노래의 성격을 결정짓는 것인지에 대해서는 논란의 여지가 있을 수 있다. 적어도 당대의 노래 유통 경로에서는 가수의 성격이 노래를 규정지었다고 본다.

극단적인 예를 든다면, 이난영의 「목포의 눈물」이 히트한 다음, 이난영은 다시 「목포의 추억」과 「목포는 항구」라는 노래를 취입한다. 그러나 이들 노래의 작사자와 작곡가는 각기 다르다. 즉, 작사자와 작곡가가 '목포'를 주제로 노래를 만든 게 아니라, 목포 출신인 이난영의 「목포의 추억」이 히트하자 이러한 이난영의 목포 이미지를 살려 후속 작품을 제작했다고 보는 편이 맞다. 이렇게 본다면, 작사가와 작곡가의 의식을 규명하는 것보다는, 가수별로 그들의 노래가 지닌 특성을 살펴보는 편이 오히려 정확하다는 결론을 내릴 수 있다.[64]

당시 레코드 가수가 될 자격의 여러 조건이었던 성색(聲色)이 고와야 할 것, 청각(聽覺)이 예민하고 두뇌가 명석하여야 할 것, 기술이 좋고 광범위로 노래를 부를 수 있어야 할 것, 발음이 명확하여야 할 것, 대담(大膽)하여야 할 것, 인격이 좋아야 할 것[65] 등이 있어야 한다.

 평양기생 왕수복 10대가수 여왕 되다

이러한 조건에서 왕수복은 거의 완벽하다고 할 수 있다. 어릴 때부터 남다른 청각이 예민하였고, 기생학교에서 우등으로 졸업할 정도로 지능도 뛰어났다. 더구나 폭넓은 음폭을 구사할 수 있도록 체계적인 서도민요를 부르고, 성격도 대담하고 서글서글하여 적들이 없었다.

일본 전역으로 최초의 중계방송과 10대 가수왕

'최초'라는 수식어는 역사성격을 밝히는 해석 용어이기 때문에 '역사대화'를 이제 '전환'적으로 해야 한다. 새로운 역사사료들이 발견될 때마다 '최초'가 바뀌는 것은 참된 '최초'가 아니다. 더 중요한 사실은 새롭게 역사를 바라보는 '눈'이 이제는 절실한 때라는 점이다.

80년대까지 한국음악사를 기술하려는 역사가들이 이러한 오류를 저지르는 일은 한국음악사를 보는 방식, 문제의 인식과 해석이 그 동안 '특정시대의 역사주의'에 공통적으로 잡혀 있었기 때문이다. 그것도 백년 이상이 되었다.

'최초'는 목적이 있었다. 한국에서 그동안 서양음악이 본격적으로 실현되는 역사가 참된 역사 실현이라고 인식하는 사람들에게서 찾아볼 수 있는 이러한 목적적인 공동 태도는 그 대화의 대상이 '서양음악 역사와 미학'이었기 때문이다. 결코 한국음악 역사와 미학과 '대화'하지 않았다는 점에서 그 역사인식을 쉽게 찾아볼 수 있다.

따라서 한국에서 양악의 이론과 실제 분야에서 실현하는 모든 항목들은 '최초'라는 수식어를 가지고 일직선적인 발전사관에 목적을 가지고 해석하려는 데서 지금까지 '역사해석의 오류'가 자행되었던 것이다. 자연히, 한국 역사가 수천·수백 년 간 이룩한 삶과 민족과 세계와 대화하며 이룩한 음악 역사와 진정한

 평양기생 왕수복 10대가수 여왕 되다

'대화' 가 이루어지지 않은 채, 이 땅을 서양음악으로 전환시키며 발전시키려는 시대적 요청, 바로 그 '특정시대의 역사주의'를 모두가 '전제(또는 준거틀)' 로 삼았기 때문에 '역사해석의 오류' 에서 벗어날 수 없었다. 그리고 이 전제에서 훈련된 모든 음악도들은 그 영향권에 지배받으며 '한국음악의 역사 밖' 에서 역사를 바라보고 '서양음악 역사의 눈' 으로 이 땅의 역사를 바라볼 수밖에 없었다.

그러할 때, 진정한 '한국음악 역사' 가 실현될 수 있었으며, '세계음악 역사' 로 나아갈 수 있었을까? 아니다. 이 땅의 역사단절만 되풀이될 뿐이다. 우리는 그동안 수많은 역사단절을 경험했던 바, 그 단절은 밖의 국제국가에만 있었던 것이 아니라 바로 우리들 자신의 의식 속에 도사리고 있었던 것이다.

해방된 역사의식이 없는 한 해방된 자의식 또한 없다. 이제, 새로운 '눈' 을 바라보는 새로운 세대들이 필요하다. 새로운 눈이 있어야만 새로운 삶을 살 수 있고, 새로운 한국음악역사로서 세계화를 실현할 수 있는 '민족적 희망' 이 여기에 있다.[66]

1933년 4월 26일 경성방송국은 제2방송이 실시된다. 3일 후에는 「2중 방송축하특별방송」을 편성, 축하방송을 했으며 「지방도시의 밤」을 기획하여 「평양의 밤」과 「대구의 밤」을 방송하였다. 같은 해 11월에는 조선어강좌 프로그램이 편성 제작되었으며 스포츠 중계방송이 중요한 위치를 차지하게 되었다.

경성방송국은 2중 방송 실시 다음해인 1934년 1월 8일부터 정기적으로 JODK의 호출부호를 사용하여 일본에 한국어 제2방송을 중계하였다. 이 중계방송에는 아악연주를 비롯하여 한국의 지리, 민속을 소개하는 강연과 실황방송, 민요 및 유행가요, 어린이들의 창가 등이 방송되었다. 경성방송국은 지방도시의 밤을 계속 확대하여 이해 1월 28일부터 부산, 개성, 신의주, 군산, 함흥, 원산, 진남포 등에서 현지방송을 실시하였다.

2중 방송을 실시하면서 시보(時報)는 일본 동경방송국에서 방송하는 것을 사용하였고 그 시보를 전후하여 한국어방송과 일본어방송이 시작되었다. 방송프로그램 중에서 양악(洋樂)과 야외실황방송 등의 공통성 있는 프로그램은 한·일 양측(兩側) 아나운서가 각기 방송하거나 마이크 2개를 놓고 양측 아나운서가 동시에 유선중계를 하였으며 라디오체조와 경제시황은 일본어 제1방송에서 전담하였다. 일본어 제1방송은 주로 일본 동경방송국의 중계를 위주로 하여 편성 방송하였다. 이들 이외의 프로그램은 한국어 제2방송이 독자적으로 다채롭게 편성하여 방송하였다.

특히 1934년 1월 8일에는 이왕직아악부(李王職雅樂部)의 아악연주와 경성방송국 오케스트라의 반주로 왕수복(王壽福)의 노래가 일본에 처음으로 중계 방송되었으며, 이후 창·민요·동화 및 한국의 역사와 풍속 등이 일본에 중계 방송되었다.

 평양기생 왕수복 10대가수 여왕 되다

그러나 일제는 1936년 중일전쟁의 전운이 감돌자 총독부 시정(施政)을 철저하게 한국인에게 보도한다는 명목아래 제2방송의 낮 방송시간을 일본어 제1방송에 의해 강점하도록 하였다. 이에 따라 보도방송내용도 변하여 매월 1일과 15일 오후 9시 30분의 뉴스에 이어 이달의 천체안내(天體案內) 프로그램을 신설하여 같은 해 7월부터 방송하도록 하였다.

‘10대 가수’의 전신(前身) ‘가수 인기투표’ 전체 1위(1935)와 대중인기 가수의 생활

당시 1935년 『삼천리』 잡지사에서 레코드 ‘가수인기투표’를 개시하게 된다. 비상한 환영을 받아 가두의 음악애호가 대중으로부터 투표가 답지하여 과연 며칠 만에 1만 표를 돌파하는 기세를 보였다. 이에 투표는 끝내고 그 결선투표의 결과를 공표하였고, 아울러 더욱 추첨 결과도 추후 발표하고 기념음악회도 개최하였다. (총계 10,130표) [67]

지금의 ‘10대 가수’와 같은 시스템이다. 남녀 가수가 5명씩, 인기투표로 선정되고 여기에 레코드 인기가수이어야 하는 조건이 절묘하게 맞아 떨어져 있다.

남가수 입선 5명 ; 총 투표매수 5,888표

제1위 채규엽(蔡奎燁) (콜럼비아 레코드) 1,844표

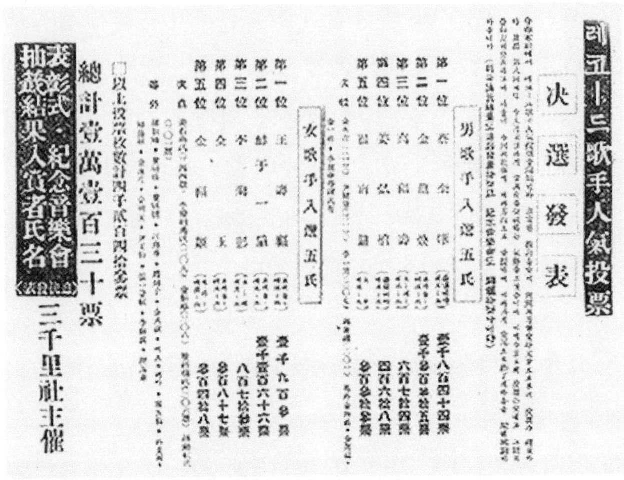

10대 순위표

제2위 김용환(金龍煥) (포리돌 레코드) 1,335표

제3위 고복수(高福壽) (오케 레코드) 674표

제4위 강홍식(姜弘植) (콜럼비아 레코드) 468표

제5위 최남용(崔南鏞) (태평 레코드) 333표

다음 순위는

김영길(金永吉) 313표

윤건영(尹健榮) 313표

이일남(李一男) 307표

임헌익(林憲翊) 301표 등이었다.

그 외 김해송(金海松) · 김주호(金周鎬) · 김일송(金一松) · 이상일

(李相春) 등

여가수입선 5명 ; 총 투표매수 4,243표

제1위 왕수복(王壽福) (포리돌 레코드) 1,903표

제2위 선우일선(鮮于一扇) (포리돌 레코드) 1,166표

제3위 이난영(李蘭影) (오케 레코드) 873표

제4위 전옥(全玉) (포리돌 레코드) 387표

제5위 김복희(金福姬) (빅타 레코드) 348표

다음 순위는

강석연(姜石燕) 344표

이애리수(李愛利秀) 309표

김선초(金仙草) 306표

최창선(崔昌仙) 306표

손금홍(孫錦紅) 301표

등이었다.

그 외 나선교(羅仙嬌) · 최명주(崔明珠) · 최연연(崔妍妍) · 강남

향(江南香) · 조금자(趙錦子) · 김정숙(金貞淑) · 미스코리아 · 남궁

선(南宮仙)·박부용(朴芙蓉)·한정희(韓晶姬)·김연월(金蓮月)·안명옥(安明玉)·윤옥선(尹玉仙)·장일타홍(張一朶紅)·이은파(李銀波)·심옥천(深玉泉) 등

1935년 조선에서 일 년 동안 팔려가는 레코드 장수는 약 150만 장으로 그 중에 3분에 1인 4, 50만매가 조선 소리판이었다. 당시 사회문화에서 4, 50만 명의 대중을 상대로 하는 레코드는 커다란 영향력을 가지고 있었다.

레코드 취입할 때의 선우일선은 내일 취입이 있으면 오늘 저녁부터 밥을 안 먹고, 그래서 배가 고파진대로 마이크 앞에 서면 정신이 한 곳에 집중되고 또 목소리가 청청하게 나온다고 한다. 하지만 처음 노래를 시작할 때는 몸을 단정히 가지고 있지만 마지막쯤 가면 점점 허리가 꾸부려 나중에 마이크 앞에 코를 대일 지경으로 바짝 달라붙는다고 한다.

1935년께 공연 프로에 코미디가 생겨났다. 막간에 노래만 부르다 보니 관중들이 새것을 찾는 경향이 있었고 여기에 영합한 것이 코미디였다.

지금의 쇼에서의 '꽁트' 부분에 해당하는 것인데 남자들에 여자 한 사람 정도가 등장하여 우스개 소리를 하는 것이었다. 처음에는 이것을 '넌센스' 라고 불렀다가 나중에는 '스케치' 라고도 했는데 신카나리아가 노래 부르면서 이 넌센스에 많이 나왔

 평양기생 왕수복 10대가수 여왕 되다

던 사람이다. 초기의 코미디언으로는 이종철을 비롯 이복본, 손일평, 나품심, 김윤심 등이 있었는데 이는 재즈가수이었다. 이넌센스가 개발될 무렵이 등장 맨 처음이라고 생각되는 것이 '저고리 시스터즈' 이다.

이난영, 장세량, 임순이의 셋이 합창을 하는 것인데 독창만 듣던 관중에게는 새로운 인상을 안겨주어 호평을 받은 것이었다. 이 셋은 이른바 '짝' 이어서 떨어질 수가 없었는데 가끔 한 사람이 빠지면 방청자가 대신 나오는 것이었다.[68]

3 성악가 길에서 만난 두 남자 관련 자료

이효석은 『삼천리』 1942년 1월호에 실린 소설 「일요일」에서도 왕수복와의 자전적 이야기를 소개하는 부분이 있다.

"… 연애의 일건을 적은 소설이었다. 두 사람의 연애에 대해 세상이 얼마나 무지하고 부질없는 번설을 일삼았던가, 그런 상식과 악의에 대한 항의, 사랑의 자유 의지의 옹호 - 그것이 이야기의 테마었다. 어지러운 소문과 비방에도 불구하고 두 사람의 뜻은 더욱 굳어 가서 드디어 결혼을 결의하게 되었다는 것, 여주인공이 잠시 여행을 떠나게 되었을 때 마치 육체의 일부분을 베어나 내는 듯 남주인공의 마음은 피가 돋아날 지경으로 아팠다는 것을 장식없이 순박하게 기록한 한 편이었다. 세상에 사랑을 표현하는 맘은 천 마디 만 마디 되고 그는 기왕에 사랑의 소설을 많이도 써 왔지만 그 한편같이 진실한 것은 드물었다고 스스로 생각했다. 그런 문학적인 자신이 그 날의 만족을 한 겹 더해 둔 것도 사실이었다…."

영원한 첫 번째 연인, 이효석

왕수복은 1940년 10월,[69] 일본 유학 후 잠시 귀국해서 언니가 운영하던 평양의 '방가로(放街路)' 다방을 놀러 다녔다. '방가로'는 인도의 '방갈로'에서 나온 말로, 독특한 휴향지 건물 양식이다. 이 다방은 왕수복이 운영한 것이 아니라, 언니가 운영하는 곳이다. 왕수복은 일본 유학 중에 고향으로 휴가를 보내기 위해 방문하는 곳일 뿐이다.

평소 꿈꾸었던 소설가 남편을 만나 낭만적인 살림을 꾸려보는 바람이 현실에서 연인으로 만족해야만 했다.

그 연인이 바로 소설 「메밀꽃 필 무렵」의 작가로 유명한 이효석(李孝石, 1907~1942)이다. 주변에서 아끼는 사람들이 작가와 기생출신 유행가수는 어울리지 않는다고 우정에 찬 경고를 하였지만, 오히려 그것은 그의 정열을 더욱 북돋아 주는 결과만을 낳았다.

1935년 평양 숭실전문학교로 자리를 옮기면서 이효석 문학은 6년간 활짝 꽃피게 되고 이듬해 대표작 「메밀꽃 필 무렵」이 탄생한다.

이효석은 시간을 귀히 여기고, 규칙적인 생각을 좋아하는 서양품의 신사와 같았다고 한다. 언제나 고독과 사색을 즐기는 그는 늘 혼자 다니기를 좋아 했다. 그를 만나기 쉬운 곳은 다방이었고, 서양 고전음악의 판이 늘 돌아가고 있는 세르팡 다방이었다. 이 당시 이효석은 1940년대를 전후한 당시의 세계정세나 일제 말기의 어두운 현실에 구애받지 않고, 이국적인 취미생활을 누리며 지극히 안정된 생활을 향유했던 셈이었다.

1938년 숭실전문학교가 폐교되자, 이듬해 대동공전의 교수로 다시 취임하였으나, 1940년에 아내와 사별하고 이윽고 막내아들을 잃는 등 시련을 겪으며 한동안 방황하기도 했다.

이때 왕수복 언니가 운영하던 '방가로(放街路)' 다방에서 인연을 맺게 된다. 그러나 건강도 안 좋았고, 창작의 기력도 쇠퇴해 가고 있었다.

당시 이효석과의 사랑 이야기는 대동공전 학생들에게도 다 알려지게 소문이 나 있었다. 몇몇 학생들이 왕수복 집으로 찾아왔다.[70]

왕수복은 학생들을 방으로 들게 한 후 말을 시작했다.

"그래 무슨 일이 있어 학생들이 여기까지 찾아왔습니까?"

학생들은 망설이다가 말했다.

"우리 교수님을 사랑하지 마세요."

"왜요, 사랑하면 안 되나요?"

"선생님은 폐가 좀 약하고 해서 사랑하면 안 됩니다."

"학생들 참 좋으시다, 교수님의 건강까지 근심하시니. 하지만 교수님은 여자가 사랑해야 더 건강해지세요. 학생들 무슨 차를 드릴까요, 커피 어때요?"

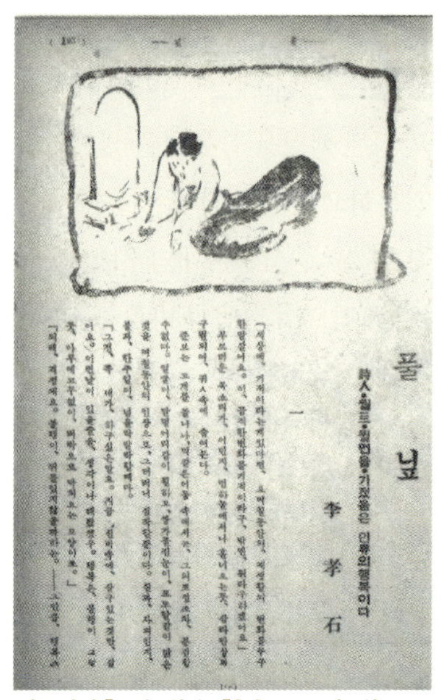

이효석의 「풀잎」 원본, 『춘추』 1942년 1월호

“예.”

학생들은 처음 맛보는 커피를 마시고 나오면서 이구동성으로 죽어도 저런 여자를 사랑해 봤으면 했다고 한다.

하지만 1942년 5월, 이효석은 결핵성 뇌막염으로 입원하게 되었다. 그때 왕수복은 그의 병실을 붉은 카네이션, 흰 글라디올러스 같은 화려한 서양 화초로 화려하게 장식했었다고 한다.

　1942년 5월 25일 오후 7시 30분, 이효석의 부친과 연인 왕수복이 지켜보는 가운데 영원히 눈을 감고 말았다. 그의 나이 36세이었다.

　왕수복과 이효석의 사랑 이야기는 『춘추』 1942년 1월호에 실린 그의 소설 「풀잎」에서 자전적 이야기로 구성되어 있다.

　소설 「풀잎」에서 자전적 이야기로 구성을 방증할 수 있는 예시를 몇 가지 들어 보겠다.

1. 「풀잎」에서 여주인공은 '옥실' 이라고 하는데, 왕수복의 본명은 '왕성실' 으로 이름에서 그 연관성을 찾을 수 있다.

2. 왕수복은 작년 1939년에 소상(小喪) 때문에 일본의 유학 중에 잠시 귀국하고 이듬해에도 여름휴가로 고향 평양에 방문하였다.

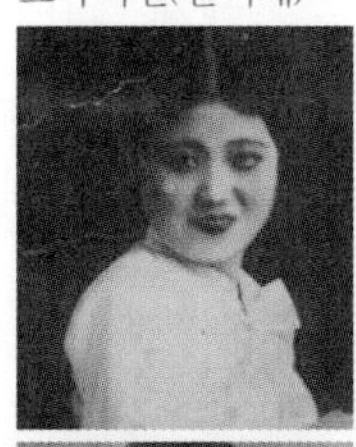

20대 때의 왕수복사진(아래)과 30대의 이효석 사진(맨 아래)

3. 이효석이 나이 34세에 아내 이경원와 사별하는데 당시 아내의 나이가 27세였고, 왕수복은 24세로 사랑의 나이 눈높이가 비슷하였다.

4. 여주인공 '옥실' 이 자신의 과거를 고백하는 장면이 나온다. 왕수복은 1935년 즉, 19세까지 평양 기성권번의 기생 기

적(妓籍)을 가지고 있었다. 그 후 레코드 가수의 지속적인 성공과 일본 유학으로 기적을 없애 버렸다.

5. 여주인공 '옥실'이 어느 실업가와의 스캔들이 헛소문이라 믿어 달라는 장면이 나온다. 왕수복이 만난 당시 실업가는 화신백화점 사장 박흥식이다.

6. 여주인공이 길거리에 만난 옛 친구는 왕수복과 거의 같이 기성권번의 기생으로 활동한 최명주(崔明珠)를 가리킨다.

일 제 　강 점 하 의 　가 요 계 의 　은 퇴 와 　납 북 의 　오 해

1940년대가 되자, 일제는 '태평양 전쟁'을 일으키고 조선총독부는 '성전완수'에로 총동원령을 내리기 된다. 당시 유행가 가수들에게 '내선일체(內鮮一體)'를 고취하는 노래들과 침략적인 군가들만을 일본어로 부를 것을 강요한다. 조선 민요도 일본어로 부르라고 예외없이 압박하게 된다. 이렇게 되자, 왕수복은 짓밟힌 민족의 넋조차 마음대로 노래할 수 없고 재능도 참담게 꽃피울 수 없는 현실을 저주하며 1942년에 끝내 예술계와 결별하고 말았다.

비탄에 젖은 겨레의 가슴 속에 봄날의 따뜻한 정서와 희망을 안겨 주는 신민요 「뻐꾹새」와 더불어 '조선의 꾀꼴새'로 명성을

날리던 인기 가수 왕수복의 은퇴는 말 그대로 식민지 민족이 겪
는 비극적 운명을 보여 주는 것이었다.

두 번째 전성기, 북한 민요가수 여신(女神) 관련 자료

북한 문화예술의 가장 큰 특징은 계획에 의해 경제가 운영되듯이 문화예술인 관리로부터 작품 창작, 작품 보급 등의 모든 사업이 국가에 의해 관리된다는 점이다.[71]

북한의 문학과 예술은 '근로대중을 정치사상적으로 교화하는 수단'이여 '온 사회를 혁명화, 노동계급화하는 데 복무하는 수단'으로 규정함으로써, 기본적으로 목적주의 문예관을 기본으로 하고 있다.

이러한 문예관은 "국가는 민족적 형식에 사회주의적 내용을 담은 주체적이며 혁명적인 문학·예술을 발전시킨다. 국가는 창작가·예술인들이 사상 예술성이 높은 작품을 많이 창작하며 광범한 대중이 문예활동에 널리 참가하도록 한다"(52조)고 규정되어 있듯이, 북한의 문학과 예술 정책은 예술성보다는 당국이 의도하는 사상을 전파하기 위한 하나의 수단으로 간주된다.

북한의 문화예술과 명예호칭 '공훈배우' 제도

북한 당국이 문학과 예술을 통해 달성하고자 하는 목표는 사회주의 건설과 노동동기 부여, 지배자 수령에 대한 정당성과 충성심 확보, 그리고 북한에 의한 통일의 정당성 확보로 구분지어 볼 수 있다.[72]

북한에서는 상훈은 군사분야를 중심으로 시작되었다. 이후 문화예술 부분 종사자들에까지 공훈칭호를 가지게 함으로써 작가 및 예술가의 지위와 위상을 확보해 주고 있다. 이러한 공훈제도는 사적 소유를 제한하고 있는 북한에서 사회적 명예와 혜택을 누리게 함으로써 노력경쟁을 자극하고 있다.

인민칭호와 공훈칭호는 사회 각 부문에서 특별한 공로나 업적을 세운 사람들에게 수여되는 영웅칭호 다음가는 영예칭호이다. 1952년 6월 4일에 문화예술분야 종사자들을 대상으로 제정되었다. 이들 칭호는 최고인민회의의 상임위원회에서 수여한다. 공훈배우 칭호는 고상한 예술적 기질을 소유하고 우수한 예술적 형상을 창조, 국가와 사회사업에서 공훈을 세운 무대예술가에게 수여한다. 공훈 배우 이외의 공훈 칭호는 인민배우, 공훈예술가, 인민예술가, 인민방송원, 공훈방송원, 인민기자, 공훈기자, 공훈예술단체, 공훈출판물 보급원, 공훈영화보급원 등이 있다.

공훈이나 인민과 같은 칭호는 우수 예술인에 대해 부여되는

 평양기생 왕수복 10대가수 여왕 되다

명예호칭이며, 많은 예술인들은 등급에 의해 평가되고 이에 따라 차등 대접을 받는다. 북한 예술인들은 예술 활동 대가로 국가로부터 급여를 받는다. 예술인들에 대한 대우는 당성과 능력에 따라 매겨진 급수에 따라 다르다.

북한 예술인들은 직장에 배치되면서 학력과 실력 정도에 따라 급수를 받게 된다. 급수에 따라 노임을 비롯한 예술인에 대한 배급 등 사회적 대우가 달라진다. 무급은 90원이며, 6급은 110원이다. 1급수 향상에 따라서 20원씩 상향 조정되어 1급 예술인은 210원을 받게 된다. 1급 위에 공훈배우(공훈예술가)가 있으며, 공훈배우의 상위 직급으로는 인민배우(인민예술가)가 있다.

원칙적으로는 1급 또는 2급 이상이 공훈배우 또는 인민배가 된다. 급수의 등급 평가는 2년마다 상급 급수를 취득할 수 있는 자격이 주어진다.

예술인의 급수 판정은 해당 예술인이 소속되어 있는 단체의 급수심사위원회에서 결정하여 문화성의 승인을 받도록 되었다. 주요 행사에서 큰 성과가 있어 표창을 받거나 김정일 국방위원장의 칭찬을 받은 경우에는 연한에 관계없이 1급 승급된다.

북한의 문화예술계에서만 시작되었던 인민배우, 공훈배우 등의 공훈 칭호가 효과를 보이자 예술인들에게 한정되었던 인민, 공훈 칭호를 확대하였다.[73]

북한 음악의 창작과 표현은 민족음악을 위주로 하여 서양음악을 동시에 발전시키고, 민족적 선율을 바탕으로 현대적 미감에 맞는 선율을 창조하며, 기악보다는 성악에 비중을 두고, 곡조보다는 가사를 중시하는 특징을 가지고 있다.

북한은 우리와는 달리 음악을 대중음악과 순수음악으로 구분하지 않으며 발간한 노래집의 반 정도는 소련 민요와 중국풍의 양식을 따르는 국민가요식의 민요조 선율을 띄고 있고 화음과 리듬보다는 가사와 멜로디에 더욱 치중하고 있다. 화성은 극히 단조로워 일반 주민들이 쉽게 따라 배울 수 있으나 변화가 없으며 창법에서는 비성(鼻聲)을 많이 사용하는 것이 특징이다.

가요에서는 당 정책선전 가요·서정가요·혁명가요·조선가요 등이 있으나 압도적으로 비중을 차지하는 것은 김일성 부자 찬양을 위한 송가(頌歌)이다.

북한의 노동당 선전선동부 직속 관할 단체로는 조선중앙방송위, 국가심의위, 4·15창작단, 4·15집단체조창작단, 보천보전자악단, 칠보산전자악단, 만수대창작사, 조선노동당출판사, 윤이상음악연구소와 중앙당각부 선전대가 속해 있다.[74]

북한은 사상적 무장을 위한 매체로서 가사가 없는 음악은 불가능하다는 판단아래 북한주민들에게 주입시키려는 구체적인 사실들을 가사에 담고 그 가사를 용이하게 전달하기 위해 가창곡을 선택하고 있는 것이며 그 결과 가사가 없는 독주곡이라든가 관현악곡들은 자취를 감추고 말았다.[75]

국정원 자료에 의하면 북한주민들은 은밀한 모임이나 개인적 여흥시에 「사랑의 미로」 등 한국가요를 즐겨 부르고 있다고 한다. 북한주민들은 한국가요를 부를 때 시간과 장소에 따라 선곡을 다르게 하고 있다. 매우 가까운 사람들만이 모인 술좌석에서는 「허공」, 「홍도야 우지마라」, 「낙화유수」 등을 부르며 「바람 바람 바람」, 「너 나 좋아해」, 「독도는 우리 땅」 등은 개인집에서 친한 친구들과 어울려 춤을 출 때 부르고 있는 것으로 알려졌다.

5 체제 선전을 위한 삶의 마무리 관련 자료

북한사회가 추구하는 아이디어로서 소리 재료들을 조직화한 것이 북한 음악이다. 비록 북한음악의 정의를, '소리를 형상 수단으로 하여 현실을 반영하는 예술'이라고 내려도, 그것은 음악의 2중 구조를 설명한 것이다. 북한이 '현실을 반영하려는' 아이디어를 가지고 소리를 조직화(형상수단화)하는 것이니까. 다만 북한은 현실을 반영하는 원칙이 민족음악에 있다.

북한은 세계의 모든 음악이 민족 단위로 수천 년의 생활과정에서 생활 감정과 고유한 정서적 특질이 형성되어 발전되어온 음악이라고 설명한다. 북한의 민족음악(조선음악)도 수천년에 걸친 생활과정에서 조선 일들에 의해 창조된 음악이라고 말한다.

이 바탕 위에서, 김일성과 김정일의 주체사상에 의해 발전된 것이 오늘의 북한 민족음악이다. 곧 자주성과 창조성, 그리고 의식성을 가진 인간이 주체가 되어 조선 일들의 수천 년의 생활과정에 만들

어진 민족적 음악을 발전시킨 것이 바로 민족음악이자 주체음악이라는 것이다.

자연히 소리재료는 전통적인 민요이나 민족기악에 쓰이는 재료가 중심적이다. 한편 양악식 소리재료들은 '조선인의 비위와 정서에 잘 맞지 않는 제한성'을 가지고 있다고 보아 이를 구별한다. 그러나 민족음악을 발전시키기 위해서라도 양악을 비판적으로 수용하고 있다.

다만 조선음악을 민족음악으로 발전시킨다고 해서 서양음악을 무시해서도 안 되고, 조선음악을 세계화한다 해서 민족음악을 무시해서도 안 되는 관계성을 내세우고 있다. 무엇보다도 북한은 양악과 관계를 맺되 민족음악이 중심이 되어야 조선의 주체적인 음악을 세계적으로 발전시킬 수 있다고 보고 있다.[76]

여든 살에 독창회에 출연하였습니다 [77)]

–공훈배우 왕수복

올해 제 나이 여든 살입니다.

사람의 한 생에서 여든 살이라면 인생의 황혼기를 걷고 있다고 해야 할 제가 분에 넘치게도 독창회무대에 출연하여 노래를 불렀으니 지금도 생각하면 모든 것이 잘 믿어지지 않고 꼭 꿈을 꾸고 깨어난 것만 같습니다.

그러나 이것은 그 누구의 꿈에 대한 이야기도 아니며 어느 전설에 나오는 옛 이야기는 더욱 아닙니다.

이는 우리 인민들에게 안겨주신 인간사랑에 대한 또 하나의 '전설'입니다.

저는 너무도 뜻밖에 가슴 한 가득 받아 안은 무상의 영광과 행복, 감격과 흥분으로 온밤 잠을 이룰 수가 없었습니다.

돌이켜보면 저의 지난 온 한 생은 여러 각별한 사랑과 보살피심 속에서 자라온 나날이었습니다.

나라 없던 그 세월 길가의 조약돌처럼 버림을 받으며 한숨과 눈물 속에 노래를 부르던 저에게 영원한 삶의 노래를 안겨주셨다.

세월이 흐를수록 더해만 가는 하늘같은 사랑을 세상에 소리높이 자랑하고 싶은 마음의 충동이 이렇듯 오늘 저로 하여금 미숙한 붓을 들게 된 사연이라 하겠습니다.

해방 전 저의 음악 생활은 비애와 영탄의 진탕길을 걸어야 하는 참으로 눈물겨운 수난의 길이었습니다.

만물이 소생하는 봄은 찾아와도 봄을 노래할 수 없고 민족의 넋이 담긴 노래가 있어도 자기의 것이라 마음껏 부를 수 없는 약소민족의 슬픔과 식민지 민족의 성악 가수가 된 끝없는 원망, 예술인의 본분을 저버리고 먹고 살기 위하여 비애와 애수에 잠긴 노래를 부르지 않으면 안 되었던 양심의 괴로움!

나라 없던 그 세월 길가의 조약돌처럼 버림을 받으며 한숨과 눈물 속에 노래를 부르던 저는 조국 해방과 더불어, 희열과 약동에 넘친 새 조선의 장엄한 탄생과 함께 새로운 음향, 새로운 선율을 청신한 봄 향기마냥 가슴 벅차게 받아 안았습니다.

어느 날 저는 참으로 가슴이 확 열리는 듯 한 간곡한 말씀을 받아 안게 되었습니다.

다음과 같이 교시하시였습니다.

"동서고금을 통하여 훌륭한 음악가들은 열렬한 애국자들이었습니다. 우리의 음악예술인들은 모든 정력과 재능을 다 바쳐 새 조국 건설에 적극 이바지하여야 하겠습니다."

지난날 민족이 당하는 설움을 안고 비애와 탄식의 노래를 불러오던 우리 예술인들에게 이처럼 크나큰 믿음을 안겨주시며 민족음악발전의 새로운 길을 열러주시는 말씀에 접한 그때의 감격과 기쁨은 참으로 형언할 수 없이 컸습니다. 저는 새로운 열정과 흥분을 안고 예술창조사업에 달라 붙었습니다.

감격도 새로운 1955년 가을 어느 날, 국립교향악단 가수로 있던 저는 수령님을 한자리에 모시고 진행하는 공연에 참가하게 되었습니다.

저는 그날 너무도 감격하고 흥분된 나머지 어떻게 공연무대에 나섰는지 잘 기억이 나지 않습니다.

그날 공연에서 저는 수령님께 우리 인민의 생활감정이 풍만하게 담겨져 있는 민요「긴아리랑」을 불러드렸습니다.

저의 노래가 끝날 때마다 수령님께서는 만면에 환한 미소를 담으시고 제일 먼저 박수도 보내주시고 재청도 해주시었습니다.

그뿐만 아니라 저의 노래를 다 들으신 수령님께서는 못내 만족해하시며 곁에 앉은 외국손님들에게 저 동무는 오랜 예술인인데 노래를 잘 부른다고, 저 동무의 노래는 민족적 감정이 풍부해서 좋다고 말씀하시었습니다.

그러시면서 수령님께서는 민요의 형식을 계승하고 군중이 좋아하는 노래는 계승발전 시켜야한다고 하시며 저 동무의 노래를 널리 소개하라고 말씀하시었습니다.

저는 감격에 취하고 행복의 무아경에 휩싸여 하늘을 둥둥 나는 것만 같은 심정이었습니다.

지난날 나라 잃은 설움을 안고 깨어진 성돌 위에 망국노의 피눈물을 뿌리면 부평초처럼 여기저기 떠돌아다니며 구슬픈 노래만 부르던 한 가수에게 수령님께서 그토록 분에 넘치는 치하의 말씀을 해주셨으니 그때 저의 심정을 무슨 말로 다 표현할 수 있겠습니까.

인간이 누릴 수 있는 행복 중에서 제일 큰 행복을 바로 다름 아닌 자신이 누리고 있다는 생각, 그 품에 모든 운명을 맡기고 숨이 지는 마지막 순간까지 조국과 혁명을 위한 심장의 노래를 목청껏 부르리라는 숭고한 자각과 열정이 저의 온 몸에 샘처럼 솟구쳐 올랐습니다.

그러나 저의 음악 생활은 역시 순탄한 길만이 아니었습니다. 때로는 사대주의 바람이, 때로는 복고주의 풍이 앞을 가려볼 수 없게 몰려들기도 하였습니다.

그때마다 저를 깨우쳐주시고 손잡이 이끌어주신 분은 바로 수령님이시었습니다.

1959년 1월 새해 경축공연 때에도 저의 노래를 들어주신 수령님께서는 조선 사람은 조선노래를 들어야 구수하고 듣기가 좋다고, 왕수복 동무의 노래는 우리 인민들이 다 좋아하니 연구해볼 필요가 있다고 하시며 후비를 많이 키울 데 대하여 가르쳐 주시었습니다.

그뿐만이 아닙니다.

저에게 공훈배우 칭호를 수여하도록 크나큰 은정을 베풀어주시고도 기회가 있을 때마다 저를 불러주시고 온갖 사랑과 고무의 말씀을 해주신 적은 그 몇 번이며 건강하라고 은정어린 축배잔을 부여주신 적은 또 그 몇 번이었겠습니까.

지금도 잊혀 지지 않는 1972년 4월초, 1만대 공작기계 생산고지를 점령한 희천의 노동계급과 승리의 기쁨을 함께 나누시기 위하여 몸소 공장에 찾아오신 수령님께서는 기념 촬영에 앞서 왕수복 동무가 왔는가고 물으시었습니다.

당시 저는 수령님의 한량없는 사랑과 믿음에 조금이라도 보답하고저 다른 예술인들과 함께 이곳에 달려와 경제선동을 벌리고 있었습니다.

크나큰 감격에 힘싸인 제가 왔다고 대답을 올리자 수령님께서는 기념 촬영이 끝난 다음 또 다시 저를 몸 가까이 불러주시었습니다.

수령님께서는 그 동안 집을 나갔던 친딸을 만나주시듯 정말 수고가 많았다고, 그 동안 앓지는 않았는가고, 일도 잘했는데 울지 말라고 저의 등을 두드려주시었습니다.

그러시고 수령님께서는 외국 수반들과 총련일군들에게 이 동무가 공훈 배우 왕수복 동무라고, 조선의 이름난 가수인데 영원히 당을 받들고 조국에 복무하려고 하는 혁명화된 예술인이라고 한없는 믿음이 담겨진 말씀을 하여주시었습니다.

혁명화된 예술인 ! 세상에 믿음이면 이보다 더 큰 믿음이 어디 있으며 사랑이며 이보다 더 큰 사랑이 또 어디에 있겠습니까.

믿어주시고 내세워주시는 수령님의 사랑과 은덕에 미처 보답하지도 못한 평범한 예술인에게 이렇듯 또다시 크나큰 믿음을 안겨주시니 저는 그저 감격에 겨워 흐느껴 울기만 하였습니다.

지금 우리 집에 모셔져 있는 사진이 바로 그때의 장면을 찍은 것입니다.

오늘도 이 사진을 바라볼 때면 수령님을 뵈옵던 그날의 감격이 어제 일처럼 눈앞에 어려오고 그이의 따뜻한 사랑이 온 몸에 스며드는 듯하여 새로운 힘과 열정이 솟구쳐 오르군 합니다.

장군님께서는 수령님께서 아끼고 내세워주시던 오랜 가수의 한 사람인 저를 잊지 않으시고 따뜻이 보살펴주시었습니다.

어느 해인가 저를 만나주신 장군님께서는 왕수복 동무의 노래는 언제 들어도 좋다고 하시며 후비양성을 잘하여 많은 후비를 키워내라는 은정 깊은 말씀을 하여주시었습니다.

그리고 별로 한 일도 없는 저에게 여러 차례에 걸쳐 높은 국가수훈의 영예도 안겨주시고 환갑날에는 환갑상까지 보내주시었습니다.

또한 장군님께서는 나라의 민족음악을 발전시킬 데 대한 문제를 토의하시는 중요한 회의에서도 민요는 왕수복 동무가 제일 잘했다는 과찬의 말씀을 해주시었으며 여러 기회에 저의 건강과 안부도 물어주시었습니다.

저에게 돌려주시는 장군님의 크나큰 사랑은 여기에만 그치지 않았습니다.

온 나라 인민이 벌리고 있는 '고난의 행군'을 진두에서 헤쳐 나가시며 연이어 인민군부대를 시찰하시는 그 바쁘신 가운데서도 장군님께서는 왕년의 가수였던 저의 생일날을 잊지 않으시고 지난 4월에는 또다시 은정어린 생일 여든 돐 상을 보내주시었습니다.

한가슴에 받아 안기에는 너무도 분에 넘치는 장군님의 사랑에 저와 온 가족이 뜨거운 감사의 눈물만을 흘리는데 이번에는 저의 독창회를 마련해주셨다는 꿈같은 소식에 접하게 되었습니다.

인류 역사가 흘러 수수천년, 그 역사의 갈피마다에는 남다른 예술적 재능으로 당대에 이름을 남긴 수많은 음악가들을 기록하고 있지만 동서고금 어느 시대, 어느 인민, 어느 예술인들 속에서 저와 같이 80고령의 오래 가수가 독창회 무대에 출연하였다는 전설 같은 이야기가 있었습니까.

저는 커다란 흥분을 안고 독창회 무대에 나섰습니다.

선망과 격찬의 마음과 눈길들이 서로 엇갈리는 속에 쏟아져 내리는 박수갈채와 찬탄의 목소리들!

왜 그렇지 않겠습니까.

지금 지구의 한쪽에서는 오랜 배우들은 더 말할 것도 없고 전도유망한 가수들까지도 사회와 인민, 심지어는 가족과 친척들에게서까지 버림을 받고 한 푼의 돈을 벌기 위해 길가에서 노래를 팔고 있는 이때 젊은 가수도 아닌 제가 독창회 무대에 출연하여 노래를 불렀으니 말입니다.

참으로 고목에도 꽃을 피워주시는 경애하는 장군님의 위대한 품, 사랑의 손길에 떠받들이여 저는 이 세상 가장 값 높고 빛나는 삶과 행복의 절정위에 올라서게 되었습니다.

젊음을 되찾은 노가수의 민요가락
– 왕수복 민요 독창회를 보고[78]

독고현순

동지께서는 다음과 같이 지적하시었다.

'음악에서 전통적인 민족음악을 적극 장려하여야 한다. 전통적인 민족음악을 장려하여야 음악예술에서 주체를 세울 수 있다.

전통적인 민족음악에서 기본은 민요이다. 민요는 민족음악의 정수이며 민족음악의 우수한 특징을 집중적으로 체현하고 있다.'

윤이상음악연구소에서는 명예연구사인 공훈배우 왕수복의 민요독창회가 6월에 성황리에 진행되었다.

장군님께서는 우리 인민의 전통적인 민속명절인 단오날에 명가수인 왕수복의 민요 독창회를 가지도록 배려해주시었다.

일반적으로 독창회는 이름난 가수가 자기 활동의 전성기에 가지는 것이 보통인데 이번 독창회는 출연자가 80고령의 노가수이고 또 그의 제2대, 3대 제자들이 함께 출연한 것으로 하여 관례를 벗어난 특색 있는 독창회였다.

올해 80고령인 왕수복은 60여년을 민요와 함께 살아온 노가수이다.

소녀시절부터 노래를 불러 인기가수로 평판이 자자했던 그는 창법이 독특하고 설레이는 바다와 같이 자유분방한 형상력을 지닌 매력있는 가수였다.

그러나 그의 재능은 나라가 없었던 탓으로 더 피어날 수 없었다.

일제는 그가 조선 민요를 부른다고 하여 항시적으로 탄압의 마수를 뻗쳤고 식민지반도의 가수라는 민족적 모욕과 멸시는 갈수록 더했다.

제나라 땅에서 자기 민족의 민요도 마음대로 부를 수 없는 숨막히는 현실은 끝내 그를 가요계와 결별하게 했다.

그의 재능이 참답게 꽃 필 수 있는 것은 위대한 수령님께서 나라를 찾아주시고 우리 예술인들을 한 품에 안아주신 그때부터였다.

수령님께서는 오랫동안 노래를 부르지 않던 그를 다시 무대에 세워주시고 인민의 사랑받는 가수로, 혁명화 된 예술인으로 걸음걸음 손잡아 이끌어주시었다.

수령님의 자애로운 품속에서 조선 노동당원으로, 공훈배우로 성장한 그에게 경애하는 장군님께서는 생일 80돐을 맞으며 뜻 깊은 독창회 무대를 마련해주신 것이다.

관중들의 커다란 기대와 관심 속에 무대 위에 나선 노가수의 온몸에 넘치는 정력과 예술적 풍만성은 그가 지난날 손꼽히는 인기가수였음을 그대로 엿볼 수 있게 했다.

관중들은 너도나도 격정에 넘쳐 눈굽을 적시며 그에게 열렬한 축하의 박수 갈채를 보냈다.

관중들은 기대와 함께 근심도 없지 않았던 만큼 자신심에 넘친 노가수의 밝은 모습을 보며 큰 감동을 받았다.

왕수복은 첫 곡 '룡강기나리'를 제자들과 함께 부르고 이어 독창으로 '어화 우리 농민들아', '매화타령', '꼴망태', '뻐꾹새' 등을 불렀다.

세월은 많이 흘러 머리에 백발이 덮었어도 그가 부르는 조선민요의 독특한 운치와 멋은 여전히 사람들을 매혹시켰다.

민요의 섬세한 굴림새며 정확한 가사 발음, 높은 소리목을 넘기는 재치는 그가 관록 있는 가수였음을 그대로 보여주었다. 또 한 가지 부언할 것은 그의 기억력이다. 자기가 오랫동안 부르던 노래이기 때문에 가사를 잊어버리지 않은 것이라고 할 수도 있겠지만, 단순히 그렇게만 볼 수 없다.

늙은이라고 하면 제일 먼저 기억력 감퇴에 대하여 말하게 되는데 그의 나이 80이라는 것을 고려할 때 여러 곡의 민요 가사를 다 머릿속에 넣는다는 것은 쉬운 일이 아니다.

그것은 장군님의 사랑과 믿음이 그대로 열정이 되고 정신력이 되었기 때문이다.

흥취 나는 민요가락을 넘기며 장단에 맞추어 더덩실 춤을 추는 노가수를 바라보며 관중들은 내 나라가 제일로 좋고 우리 당이 제일임을 다시 한 번 뜨겁게 가슴에 새겨보았다.

민족의 넋이 담겨 있고 일이 스며 있는 우리의 민요, 불러도 좋지만 듣기만 해도 저절로 춤을 추고 싶어지는 민요의 세계에 심취되어 가수도 관중들도 시간가는 줄 몰랐다.

돌이켜보면 한때 우리나라에서는 사대주의에 물젖은 일부 사람들 때문에 이 좋은 우리의 민요가 천시되고 버림받았었다. 일부 사람들의 그릇된 편향을 제때에 꿰뚫어보신 장군님께서 민요를 정수로 하는 민족음악 발전방향을 정확히 제시해주시기 않았더라면 오늘과 같은 민족음악의 개화에 대하여 말할 수 없는 것이다.

장군님께서는 그 나날에 우리나라에서는 왕수복 동무가 민요를 제일 잘 부른다고 하시면서 주체적 문예사상 연구모임에서 경험토론도 하게 해주시고 후비를 많이 키울데 대하여서와 그의 노래를 연구해볼 데 대하여 구체적인 가르치심도 주시었다.

장군님의 세심한 지도가 있었기에 우리의 민족음악은 국제무대에서 그 이름 떨칠 수 있었고 인생 말년의 노가수도 독창회 무대에 설수 있었던 것이다.

이번 독창회에서 노가수와 함께 관중들의 관심을 모은 것은 11살 난 꼬마 민요가수 최신애였다.

우리 당의 품속에서 마음껏 재능을 꽃 피운 꼬마가 이 세상 행복을 다 독차지한 듯 고운 목소리로 민요 ‘도라지’를 멋들어지게 넘겼다.

고령의 가수 왕수복과 소녀 가수 최신애,

노세대와 새세대의 가수를 보며 관중들은 우리 민족 음악의 대가 훌륭히 이어지고 있음을 보았고 후비육성을 잘 할데 대한 경애하는 장군님

의 가르치심을 관찰하기 위해 심혈을 기울인 노가수의 숨은 노력의 일
단을 볼 수 있었다.

아무리 훌륭한 재능도 키워주고 꽃 피워주는 품이 없으면 싹트고 열매
맺을 수 없다.

꼬마가수도 우리 당의 품이 없었더라면 해방 전 왕수복이나 윤심덕과
같은 운명을 면치 못했을 것이다.

그들이 안겨 있는 크나큰 품, 장군님의 품에 우리 인민 모두가 운명도
미래도 맡기고 산다. 그 품에 안겨 사는 우리 인민의 앞길은 창창하며
그 앞길에는 언제나 영광만이 있을 것이다.

어느덧 가요 '오직 한 마음' 의 선율이 독창회의 마감을 장식하며 장내
의 울려 퍼졌다.

노가수가 제자들과 함께 피로감이 없이 노래를 불렀다.

관중들도 격동된 심정으로 박수를 치며 함께 노래를 합창했다.

오늘의 이 행복을 그 누가 주었나

노동당이 주었네 수령님이 주셨네

…

내일의 우리 행복 그 누가 지키랴

노동당이 지키네 수령님이 살피시네

…

김일성원수님의 가르침을 따라갈 때

언제나 힘이 솟네 오직 한마음

독창회를 성과적으로 마친 노가수에게 관중들은 꽃다발을 안겨주며
아낌없는 찬사를 보냈다.

왕수복 민요독창회는 우리 당원들과 근로자들을 민족 제일주의 정신
으로 교양하는데서 민요가 큰 역할을 하며 우리 당이 민족음악발전에
얼마나 깊은 관심을 돌리고 있는가를 잘 보여준 의의있는 독창회였다.

북한 애국 열사릉

애국열사릉은 1986년 9월 17일 준공하여 현재 670여명의 열사가 잠들어 있다. 김정일 국방위원장이 정해놓은 이 신미리 열사릉 터에 김일성 주석이 와보고 주위의 소나무 숲이 포근히 품어주는 것 같은 묘하고 아늑한 산세라고 하며 열사릉으로서의 위치가 참 좋다며 이제는 마음이 놓인다고 했다고 한다.

열사릉의 비석에는 열사들의 얼굴이 컴퓨터 돌사진으로 새겨져 있다.

애국열사릉에는 윤기섭, 조소앙, 김규식과 같이 임시정부에서 활동한 사람들도 있고 북송된 비전향장기수 중에 타계한 사람들도 묻혀있다. 단정 단선에 반대하여 4·3봉기를 일으켰던 고진화라는 제주도의 해녀도 남편과 함께 여기에 묻혀 있고, 월북 화학자 이승기 박사의 묘비도 있었으며 최근에는 전설적인 무용가 최승희의 묘도 애국열사릉으로 이장 되어있다.

애국열사릉에는 두 부부의 얼굴이 묘비에 새겨진 경우가 있는데 이는 두 부부 모두 열사이기 때문이다. 부부 중에 한사람만 열사였다면 합장을 하고 그 합장한 사실만 묘비 뒤에 적는다.

2004년 4월 3일 북한 중앙TV에 김기남 당비서가 애국열사능에서 진행된 고(故) 왕수복 조선민족음악무용 연구소 배우 유해 안치식에 참석한 화면이 나왔다.

노년기를 음악연구와 제자 양성으로 보내던 왕수복은 2003년

6월 사망하여 2004년 4월 북한의 국립묘지인 '애국열사릉'에
묻혔다.

 평양기생 왕수복 10대가수 여왕 되다

제 3 부
왕수복 연보

1
왕수복 연보

1917년　**1세**
4월 23일 평안남도 강동군 입석면 남경리에서 화전민의 막내
로 출생하다. (지금의 평양직할시 서구역 호남리) 본명은 왕성
실(王成實), 장수와 복을 바라는 뜻으로 할머니가 지어준 이름
이 '수복(壽福)'이다.

1918년　**2세**
아버지 별세로 모친과 사 남매는 평양 시내 이모 집으로 옮겨
가다.

1923년　**7세**
교회당에서 운영하던 유치원에 일하는 어머니를 따라 다니다.

1924년　**8세**
명륜여자공립보통학교(明倫女子公立普通學校) 입학하여 윤

두성(尹斗星)의 지도를 받다.

1926년　　**10세**
명륜여자공립보통학교 3학년이 되지만, 학비를 내지 못하여 퇴학을 당하다.

1928년　　**12세**
3월에 평양 기성(箕城) 권번(券番)의 기생학교(3년제) 입학하다. 소리는 김미라주, 이산호주 등의 지도를 받다. 거문고는 유대복의 지도를 받다. 그림은 수암(守巖) 김유탁에게서 배우다. 서화가 출중한 평양 명기(名妓) '9인 선수(選手)' 중 한 명으로 특히 대국(大菊)을 잘 그리다.

1931년　　**15세**
2월에 평양 기성권번의 기생학교(3년제) 우등으로 졸업하다.

평양 기성권번의 기생학교 김미라주 선생의 실습 보조 선생을
2년 동안 하다.

1932년　**16세**

평양 기성권번의 기생으로 이름을 날리다. 서선명창대회(西鮮
名唱大會) 참가하다. 남몰래 서도 민요를 바탕으로 대중적인
유행가 연습을 하게 되다.

1933년　**17세**

기생 출신으로 창작가요 첫 레코드 취입 가수가 되다. 5월 콜롬
비아 레코드에서 「울지 말아요」, 「한탄」 취입하다. 논란 끝에
폴리돌 레코드사의 전속이 되어 「고도의 정한」, 「인생의 봄」 취
입하다. 당대 최고의 판매량을 기록하다.

1934년　**18세**

1월 8일 경성방송국(JODK)에서 이왕직아악부(李王職雅樂部)
의 아악연주와 경성방송국 오케스트라의 반주로 왕수복(王壽
福)의 노래가 일본에 처음으로 중계 방송되었다. 이후 창·민
요·동화 및 한국의 역사와 풍속 등이 일본에 중계 방송되었다.

1935년　**19세**

3월 잡지 『삼천리』 '가희(歌姬)의 예술 연애 생활' 주제로 인터
뷰하다. 문사(文士)부인을 꿈꾸다. 전국 순회공연에서 중국·
일본 공연으로 인기 스타가 되다.(선우일선, 김용환 등 폴리돌
전속가수들 동행) 8월 26,27일 〈포리돌 전속예술가 실연(實演)
의 밤〉 공연을 하다. 10월 6, 7일 〈포리돌 전속예술가 실연의
밤〉 공연을 하다. 잡지 『삼천리』 주최 레코드 가수 인기투표 전
체 1위를 하다. 일본 '유학'의 뜻을 구체화하다. 기성권번의 기

적을 반납하다.

1936년 **20세**

동경의 음악학교 입학하여 이태리 음악체계를 배우다. 우에노(上野) 동경음악학교의 벨트라멜리 요시코(이태리 성악가)에게서 개인 교습을 받다.

1937년 **21세**

〈폴리돌〉 레코드와의 결별하고자 하다. 다른 레코드 회사의 여러 제안을 거절하다.

1938년 **22세**

일본 동경군인회관 '무용음악의 밤' 공연(12월 1일)을 하다. 조선·매신·동아일보 후원으로 함귀봉(咸貴奉)무용과 테너 가수 김영길(金永吉)과 함께 메조소프라노로 출연하다. 최초로 조선전래의 노래를 서양식 창법으로 노래하여 상당한 화제가 되다.

1939년 **23세**

4월 잡지 『삼천리』 '이태리 가려는 왕수복 가희(歌姬)' 주제로 인터뷰하다. 이태리 유학 준비와 최승희의 예술처럼 세계로 나아가고 싶다고 4월 9일 오사카 아사히신문(大阪朝日)과 인터뷰를 하다.

1940년 **24세**

커다란 전환점이 언니가 운영하던 평양 '방가로(放街路)' 다방에서 꿈은 현실로 이루어지다. 이효석과의 운명적 만남과 그 연인이 되다. 이효석 제자들의 방문을 당차게 극복하다.

1941년   **25세**

이효석과 불꽃같은 사랑을 나누다. 이효석은 그 사랑 이야기를
자전적 소설 「풀잎」에 남기다.

1942년   **26세**

이효석의 병간호로 심신이 수척해지다. 결국 임종을 지킨 여인이
되다. 조선민요도 일본어로 부르라고 강요한 일제 강점기 말기에
친일음악인이 되지 않고자 음악 예술계를 은퇴한다.

1945년   **29세**

의도하지 않게 유부남 김광진과 약혼한 여류시인 노천명 사이
에 삼각관계를 이루다. 결국 김광진을 쟁취하다.

1947년   **31세**

14살 연상의 김광진과 살다, 월북의 오해를 낳다. 평범한 가정
살림으로 살아가다. 첫째 딸 김정귀를 낳다. 이어 둘째 아들 김
세왕을 낳다.

1950년   **34세**

한국 전쟁에서 김일성종합대학 경제법학연구소장 남편 김광진
의 그늘과 볕은 안전하면서 따뜻하다.

1953년   **37세**

모란봉 극장에서 열린 러시아 10월 혁명 36주년 경축모임에 부
부 동반하여, 문화선전성 제1부상 정율을 남편 소개로 알게 되
다. 그 후 중앙라디오 방송위원회 전속 가수가 되다.

1955년   **39세**

3월 국립 교향악단 성악가수가 되다. 7월초 김일성 주석과의 처음 만나다. 8월 10일부터 한 달간 소련으로 파견되는 조선 해방 10주년 경축 예술단에 소속되다. 모스크바, 상트 페테르부르크, 타슈켄트, 알마티, 노보시비르스크 등 경축 공연하다. 타슈켄트에서「배꽃 타령」,「울산타령」,「봄맞이 아리랑」등으로 조선 가요의 여신(女神)이 되다. 예술단은 정남희, 유은경, 안성희(최승희의 딸) 등이 참가하다.

1959년   **43세**
1월 새해경축공연에 참가하여 노래를 부르다.「어화 우리 농민들아」,「조선팔경가」등을 부르다. 공훈배우 칭호를 받다.

1960년대 경제 선전 예술 운동에 참여하다.

1963년   **47세**
북한TV에 출연하여 노래를 부르다.

1965년   **49세**
5월 11일 판문점에 관광하던 남편 김광진과 함께 유엔 측 언론에 사진촬영 및 소개되다(조선일보「색연필」)

1972년   **56세**
4월초 '1만대공작기계생산고지'를 달성한 희천 공장에서 경제선동을 하다. 그 당시 방문한 김일성 주석의 아낌없는 칭찬을 받다.

1973년   **57세**
7월 남편 김광진이 김일성훈장을 받다. 8월 기양트랙터공장

확장공사 건설장에서 10개월간 경제선동을 하다. 김정일 국방
위원장이 국가수훈을 받도록 해주다.

1977년　**61세**

4월 23일 김정일 국방위원장이 '환갑 생일상'을 보내주다.

1981년　**65세**

9월 남편 김광진 세상을 떠나다. 전처 자식 김성순은 조선인민
군협주단 성악중창조 국립 예술극장 소프라노가 되다.

1983년　**67세**

'윤이상음악연구소'에서 '민요가수' 활동하다.

1987년　**71세**

4월 23일 김정일 국방위원장이 '칠순 생일상'을 보내주다

1990년대　'윤이상음악연구소' 명예가수가 되다

1997년　**81세**

4월 23일 김정일 국방위원장이 '팔순 생일상'을 보내주다. 6월
9일 윤이상음악당에서 왕수복의 민요독창회가 열리다. 「룡강
기나리」, 「어화 우리 농민들아」, 「매화타령」, 「꼴망태」, 「뻐꾹
새」 등을 제자들과 부르다.

2003년　**86세**

6월 세상을 떠나다.

2004년　4월 북한 국립묘지 '애국열사릉'으로 이장되다

2
왕수복 노래 작품 목록

17세 〈콜럼비아 레코드 취입 음반〉 → 총 9 곡

1933. 7. 30	유행가	**01** 恨歎(40441A) 杉田良造 편곡	
	유행가	**02** 울지 마러요(40441B) 杉田良造 편곡	
1933. 8. 20	신민요	**03** 新 방아타령(40449A) 박용수 작곡	
	유행가	**04** 月夜의 江邊(40449B)	
1933. 9. 22	유행소곡	**05** 워디부싱(40455A) 尹榮祜 작사 작곡	
	유행소곡	**06** 蓮밥 따는 아가씨(40455B) 尹榮祜 작사 작곡	
1933. 10. 20	유행가	**07** 浿城의 가을밤(40459B) 朴龍洙 작사 작곡	
	유행가	**08** 望鄕曲(40463A) 朴龍洙 작사 작곡	
1933. 11. 20	유행가	**09** 生의 恨(40470A) 朴龍洙 작곡	

1933. 10. 2	신유행가	**01** 孤島의 情恨(19086A)X511B 재발매	
		靑海 작사 全基玹 작곡	
	유행가	**02** 人生의 봄(19086B) X516B 재발매	
		朱大明 작사 朴龍洙 작곡	

平壤의 名花 王壽福 入社 第一聲 新流行歌의 豪華
錦繡江山 平壤이 나흔 「포리도-루」 專屬 藝術美聲의 歌姬
王壽福孃의 獨唱레코드 「孤島의 情恨」과 「人生의 봄」은 果
然 靜寂한 가을에 우리를 얼마나 慰勞하야 줄까! 드르라이
好評의 소리盤을! 王壽福吹入集 半島第一 人氣花形歌手

1933. 10. 21	유행가	**03** 젊은 마음(19088A) 靑海 작사 全基玹 작곡	
	유행가	**04** 술 파는 少女(19088B) 李大客 작가 金昺均 작곡	
1933. 11. 20	유행가	**05** 春怨(19094A) 朱大明 작사 全基玹 작곡	
	유행가	**06** 외로운 꽃(19094B) 全基玹 작사 · 작곡	
	신민요	**07** 最新 아리랑(19095B)(김용환 합창)	
1933. 12. 20	유행가	**08** 追憶의 哀歌(19101A) 朱大明 작사 朴龍洙 작곡	
	유행가	**09** 大同江은 조와요(1910B) 金曙汀 작사 · 작곡	

18세

1934. 1. 22	유행소곡	**10** 어스름 달 밤(19109A) 朱大明 작사 朴龍洙 작곡	
	유행가	**11** 언제나 봄이 오랴(19110A)	
1934. 2. 20	유행가	**12** 靑春懷抱(19117A) 全基玹 작사 · 작곡	
	유행가	**13** 그리운 故鄕(19118B) 朱大明 작사 朴龍洙 작곡	
1934. 4. 20	유행가	**14** 못 니저요(19130A) 왕평 작사 전기현 작곡	
1934. 5. 11	유행가	**15** 봄은 왓건만(19122A) 전기현 작사 · 작곡	
	유행가	**16** 그 어데로(19122B) 전기현 작사 · 작곡	

1934. 5. 18	신민요	<u>17</u> 朝鮮打令 (19133A)
		(김용환, 윤건영 합창) 이하윤 작사 김용환 작곡
	신민요	<u>18</u> 그리운 江南(19133B)
		(김용환, 윤건영 합창) 김석송 작사 안기영 작곡
	유행가	<u>19</u> 눈물의 달(19135A)
1934. 5. 20	유행가	<u>20</u> 봄노래(19136B) (윤건영과 중창)
1934. 6. 20	유행가	<u>21</u> 靑春을 차저(19142A)
		(김용환 합창) 왕평 작사 林碧溪 작곡
	향토민요	<u>22</u> 개나리 타령(上 · 下)(19141A · B)
		(윤건영 합창) 金素雲 작사 李冕相 작곡
1934. 7. 20	유행가	<u>23</u> 靑春恨(19146A) 林永昌 작사 김면균 작곡
	유행가	<u>24</u> 새길 것는 날(19146B)
		(箕城券番 王壽福) 김영환 작사 · 작곡
1934. 8. 21	유행가	<u>25</u> 夢想의 봄노래(19153A)
		남궁랑 작사 박용수 작곡
	유행가	<u>26</u> 그 女子의 半生(19153B) 왕평 작사 전기현 작곡
1934. 10. 20	유행가	<u>27</u> 順愛의 노래(19161B) 金正好 작사 임벽계 작곡
1934. 11. 20	신유행가	<u>28</u> 래일 가서요(19164A) 金正好 작사 李冕相 작곡
1934. 12. 20	유행가	<u>29</u> 王昭君의 노래(19166B)
		趙靈出 작사 김범진 작곡

19세

1935. 1. 20	유행가	<u>30</u> 南洋의 한울(19174A)
1935. 2. 20	유행가	<u>31</u> 바다의 處女(19180B) 남궁랑 작사 박용수 작곡
1935. 4. 20	유행가	<u>32</u> 덧업슨 人生(19191A)
	유행가	<u>33</u> 봄은 가누나(19191B)
1935. 6. 20	유행가	<u>34</u> 出帆(19200A) 왕평 작사 박용수 작곡
	유행가	<u>35</u> 시냇가의 追憶(19200B)

(윤건영 합창) 南風月 작사 정사인 작곡

1935. 8. 20	유행가	**36** 漁父四時歌(19213A)
		(김용환 합창) 南江月 작사 김탄포 작곡
	유행가	**37** 港口의 女子(19213B)
		편월 작사 박용수 작곡
1935. 9. 20	유행가	**38** 埠頭의 戀歌(19218A) X501B재발매
		王平 작사 近藤致二郞 작곡
	유행가	**39** 玉笛야 울지 마라(19218B)
		片月 작사 金冕均 작곡
1935. 10. 20	유행가	**40** 靑春悲歌(19223) 남궁랑 작사 박용수 작곡
	유행가	**41** 어머니(19224) 片月 작사 金灘浦 작곡
1935. 11. 20	유행가	**42** 오늘도 울엇다오(19228A)
		남궁랑 작사 박용수 작곡
1935. 12. 12	유행가	**43** 눈물의 埠頭(19232A) 乙巴素 작사 金灘浦 작곡

20세

1936. 1. 15	유행가	**44** 아가씨 마음(19280B) 金月灘 작사 金灘浦 작곡
	유행가	**45** 울고 갈 길을 웨왓든가(19281A)
		왕평 작사 김교성 작곡
1936. 2. 20	유행가	**46** 咫尺千里(19284A) 편월 작사 大村能章 작곡
	유행가	**47** 沙工의 안해(19284B) 김정호 작사 柳絃 작곡
1936. 3. 20	유행가	**48** 믿음도 허무런가(19294A)
1936. 4. 20	유행가	**49** 相思一念(19297A) 추아월 작사 김교성 작곡
1936. 5. 20	유행가	**50** 無情(19305B)
1936. 6. 20	신민요	**51** 그리워라 그옛날이(19311A)
		金範晋 작사 · 작곡
	유행가	**52** 歲月만 가네(19312B) 李仁 작사 山田榮一 작곡
1936. 7. 20	신민요	**53** 布穀聲(19320A) X505A 재발매

		추야월 작사 이면상 작곡
	신민요	**54** 마지막 아리랑(19320B) 편월 작사 이면상 작곡
1936. 8. 20	유행가	**55** 부서진 거문고(19331A)
1936. 9. 20	유행가	**56** 그 여자의 일생(19336)
		(일명 카쥬샤)전옥, 김용환 합창
	유행가	**57** 눈물(19342B) 편월 작사 박용수 작곡
1936.10. 20	유행가	**58** 花月三更(19352A) 劉漢 작사 金雲波 작곡
1936.11. 20	유행가	**59** 이 마음 외로워(19366) 박용수 작사 · 작곡
		60 유랑의 노래(19367)
1936.12. 20	유행가	**61** 달마지(19375) 李雲芳 작사 金冕均 작곡

21세

| 1937. 2. 20 | 유행가 | **62** 處女열여딜은(19393B) 金正好 작사 |
| 1937. 4. 20 | 유행가 | **63** 알아 주세요(19406A) |

22세

1938. 2. 20	유행가	**64** 바다의 하소
	유행가	**65** 아즈랑이콧노래 白春波 작사 金敎聲 곡
1938. 7. 20	신민요	**66** 아리랑 눈물고개
		67 수심
		68 두만강 푸른 물아 김용환 작사

국내 발매

2005.	**01** 본조아리랑
	(『아리랑수수께끼』 첫 수록곡) 신나라레코드
2006.	**02** 경기긴아리랑
	(『북한아리랑명창전집』 수록곡) 신나라레코드

왕수복이 북한에서 활동한 노래 제목 목록

그네 뛰는 처녀
물소리 기계소리 들에 넘치네
물레야, 동무야
묘향산가
어화 우리 농민들아
닐니리야
매화타령
화편
배꽃타령
울산타령
봄맞이 아리랑
룡강기나리
꼴망태
뻐꾹새
긴아리랑
능수버들
조선팔경가

「물레야 동무야」 레코드(북한발매)

뻐꾹새(포곡성)
추야월 작사
리면상 작곡
왕수복 노래
좀 빠르고 경쾌하게
1. 봄 바 람 이 가벼웁게불고 요
2. 봄 바 람 이 버들잎을날리 며
붉 은 꽃 이 아릿다이피 는 데
리 화 도 화 방긋이웃는 봄
이 산 에 서 도 뻐 꾹 뻐 꾹
이 산 에 서 도 뻐 꾹 뻐 꾹
저 산 에 서 도 뻐 꾹 뻐 꾹
저 산 에 서 도 뻐 꾹 뻐 꾹
뻐 꾹새 가 날 아든 다 이 산에서도 뻐 꾹뻐꾹-
금 수강 산 좋 을시 구 봄 노래하며 뻐 꾹뻐꾹-
저 산에서도- 뻐 꾹뻐꾹 이 강 산 에 풍-년이온다
짝 을지어서- 뻐 꾹뻐꾹 이 강 산 에 풍-년이온다
네 이 강 산 에 풍-년이온 다- 네
네 이 강 산 에 풍-년이온 다- 네
245

칠 석 날

왕 평 작사
전기현 작곡
왕수복 노래

2. 어린맘 머리풀어 맹세하던 일
   시악시 가슴속에 맺히었건만
   잔잔한 파도소리 님의 노랜가
   잠들은 바다의 밤 쓸쓸도 하다

청춘을 찾아서

왕　평　작사
리면상　작곡
왕수복　노래

2. 양춘가절 어화　가누나
　희망안고 벗들아
　저 멀리 험난한 고개로
　청춘찾아 넘어가자
　아침 노을이 불타는곳
　봄노래를 부르면서
　어여차 어야 하 넘어가잔다

"""

인생의 봄

박록수 작사, 작곡
왕수복 노래

2. 아지랑이 풀그늘의 봄맞이노래
   청춘의 푸른 꿈 흘러가는 봄물결
   가는 세월 오는 봄을 허송치 말고
   인생의 포부를 꽃피워보세

울산타령 (울산아가씨)

고마부 작사
조령출 개사
리면상 작곡
왕수복 노래
흥겹게 (양산도장단)
동 해나- 울 산 - 에 밤 나무그 늘 -
경 개도- 좋 지만- 인 심도좋구 요 -
큰 애기- 마 음은- 열 두폭치- 마
실 백자- 있- 어서- 전 복쌈일- 세
(후렴)
에 - 헤 - 야 -
에 헤 - 라 울 산- 은 좋 기도하- 지 -
〈빅타〉에는 황금심 취입

어 부 사 시 가

보통속도로

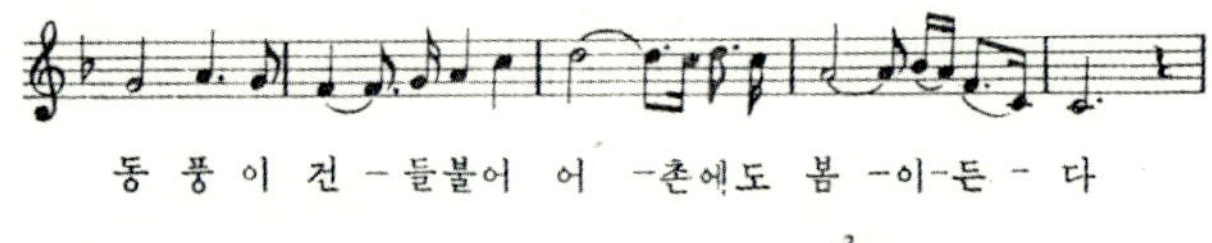

2. 산이 푸르러 청산인가
　　물이 깊어 창파인가
　　뒤산에 밤이 드니
　　어룡들 잠이 깊네
　　노저어라 어야 더야
　　봄올 싣고 어야 더야
　　물에 잠긴 달을 잡자
　　노저어라 어야 더야

봄 맞 이 아 리 랑

추야월 작사
리면상 작곡
왕수복 노래

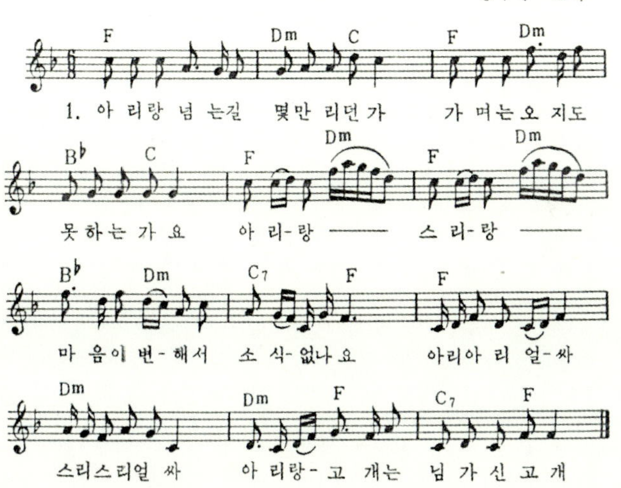

2. 편지가 왔기에 읽어나보니
   마음이 깊어서 못오신다나
   아리랑 스리랑 밤마다 꿈에서 나를 본대요
   아리아리 얼싸 스리스리 얼싸
   아리랑 고개는 님오실 고개

참고 문헌
자료/잡지/논저/미주

● 자료

신현규,『꽃을 잡고 ; 파란만장한 일제 강점기 기생 인물·생활사』, 경덕출
        판사, 2005.

『황성신문』, 1899, 3. 13.

『每日申報』「예단일백인」 1919. 4. 5;1919. 6. 20;1919. 7. 1

『매일신보』 1933. 12. 29 ; 1933. 5. 27 ; 1935. 1. 3

『중앙일보』 李蘭香,「남기고 싶은 이야기」−明月館 1970년 12월 25일～
        1971년 1월 21일 연재(5면).

『중앙일보』 고복수,「남기고 싶은 이야기」−가요계 이면사1971년 12월 1
        일～1971년 12월 30일 연재(5면).

『朝鮮美人寶鑑』, 靑柳網太郎, 朝鮮硏究會, 1918(民俗苑 1985년 復刻).

『모던일본』 10권 조선판, 모던일본사, 1939년.

『實話』, 조선광업시대사 출판부, 1939. 1. 1.

『長恨』 장한사, 1927. 1. 10.

「증언으로 듣는 한국 근대무용사」, 김천흥, 『한국무용예술학회』, 2003.

『조선총독부및소속관서직원록』 1927년도

『한국여성사』 부록, 이화여대 한국여성사 편찬위원회, 이화여대 출판부,
        1978.

『대한제국관원이력서』 20책 529.

『동아일보』「김군의 적재(適材)적임(適任)」 1922. 2. 5

『조선일보』「기성권번, 취입 불가」 1934. 10. 7일자

『조선중앙일보』 1935. 5. 19 「동경서 처음 열리는 조선유행가의 밤」 동경
        지국 특신

『동아일보』 1938. 11. 23 동경지국발신

中村資良, 『朝鮮銀行會社組合要錄』(1932년, 1937년, 1939년, 1942년판),
        東亞經濟時報社.

『조선중앙일보』 1933. 8. 28 平壤 綺談 一束,「비행기로 渡東, 한 기생가
        수」

● 잡지

「各界各人 十年回顧, 妓生으로 본 十年 朝鮮」, 『별건곤』 제25호, 1930. 01. 01.

「機密室(우리 社會의 諸內幕)」, 『삼천리』 제10권 제10호, 1938. 10. 01.

「女俳優座談會」, 『삼천리』 제4권 제5호, 1932. 05. 01.

「레코드街 散步」, 『삼천리』 제6권 제9호, 1934. 09. 01.

「살님 드러가 잘 사는 長安 名妓·못 사는 名妓」, 『삼천리』 제12권 제3호, 1940. 03. 01.

「藝術家의 美人觀」, 『삼천리』 제4권 제6호, 1932. 05. 15.

「伊太利 가려는 왕수복 歌姬」, 『삼천리』 제11권 제7호, 1939. 06. 01.

「長安名妓 榮華史, 黃金의 수레를 타고 榮華를 누리든 名妓 一代記」, 『삼천리』 제4권 제10호, 1932. 10. 01.

「춤 잘 추는 西道妓生 소리 잘 하는 南道妓生」, 『삼천리』 제3권 제9호 1931. 09. 01.

「平壤妓生學校求景, 西都 平壤의 花柳淸調」, 『삼천리』 제6권 제5호 1934. 05. 01.

「기생집 행랑어멈 생활」, 姜昌植, 『實話』, 조선광업시대사 출판부, 1939. 1. 1.

「기생과 희생」, 桂山月, 『장한(長恨)』 1927. 1. 10.

「歌手의 都 平壤」, 金相龍, 『삼천리』 제7권 제10호, 1935. 11. 01.

「文學妓生의 作品, 德王의 印象 其他」, 金淑, 『삼천리』 제11권 제7호, 1939. 06. 01.

「名妓榮華史, 朝鮮券番」, 浪浪公子, 『삼천리』 제8권 제6호, 1936. 6. 1.

「美姬 申一仙孃을 싸고도는 三人의 男性」, 白鷺學人, 『삼천리』 제6권 제5호, 1934. 05. 01.

「長安名妓情話(1). 哀戀의 金銀桃」, 白鳥生, 『삼천리』 제10권 제11호, 1938. 11. 01.

「歌姬의 藝術「戀愛生活」, 本社特派員 金如山, 『삼천리』 제7권 제5호, 1935. 06. 01.

「男唱이 본 女流名唱」, 吳太石, 『삼천리』 제7권 제10호, 1935. 11. 01.

「難得有心郎, 奇談」, 尹白南, 『동광』 제17호, 1931. 01. 01.

「藝術上으로 본 옛妓生 · 지금妓生」, 尹白南, 『삼천리』 제7권 제9호, 1935. 10. 01.

「이야기꺼리, 女人群像」, 一記者, 『별건곤』 제66호, 1933. 9. 1 소식

「京城의 花柳界」, 一記者, 『개벽』 제48호 1924. 6. 1

「斷髮女譜」, 長髮散人, 『별건곤』 제9호, 1927. 10. 01.

「名妓榮華史, 漢城券番」, 靑衣童子, 『삼천리』 제8권 제8호, 1936. 08. 01.

「서도 一色이 모힌 평양 기생학교」, 草士, 『삼천리』 1930년 7월 1일 7호

「三千里 杏花村」, 『삼천리』 제8권 제8호, 1936. 8. 1.

「五大都市 美人評判記」, 風流郎, 『별건곤』 제19호 1929. 02. 01

「朝鮮兩班의 妾타령」, 風流郎, 『별건곤』 제64호, 1933. 06. 01.

「기생학교에서는 무엇을 가르칠까」, 한재덕, 『모던일본』 10권 조선판, 모던일본사, 1939.

「妓生撤廢論」, 韓靑山, 『동광』 제28호, 1931. 12. 01.

「現代『長安豪傑』찾는(座談會)」『삼천리』 제7권 제10호 1935. 11. 1 白樂仙人

「왕수복의 부른 '孤島의 情恨'의 作曲을 하고」, 全基玹, 『삼천리』 제7권 제10호 1935.11.1

「레코드계의 내막을 듣는 좌담회」, 『조광』, 1939년 3월호.

「레코드란 - 레코드가수고갈시대」, 『조광』, 1935. 12월호. 景三伊,

「침체해가는 조선 레코드운명」, 『조광』, 1935. 11월호. 聽又聽生,

「고도의 절대명기, 주로 평양기생을 중심삼고」, 『삼천리』 제6권 제7호 1934. 6. 1. 김산월,

「歌手를 엇더케 發見하엿든나」, 『삼천리』 제8권 제11호, 1936. 11. 1. 王平.

『삼천리』 제7권 제10호 1935.11.1 「'거리의 꾀꼬리' 인 十大歌手를 내보낸 作曲 · 作詞者의 苦心記」

「조선레코드 제작내면-별천지의 그들을 에워싼 이야기」, 『조광』, 1936. 1

월호. 七方人生,

『삼천리』 제8권 제1호 1936. 1. 1 『人氣歌手座談會』 대담 · 좌담.

● 논저

구원회(1939), 「유행가수 지망자에게 보내는 글」, 『조광』, 1939년 5월호.

권도희(2000), 「20세기 초 남도 음악인의 북진」, 『소암권오성박사화갑기념논문집』, 간행위원회.

권도희(2000), 「전기 녹음 이전 기생과 음반 산업」, 『한국음반학』 10호, 한국고음반연구회.

권도희(2001), 「20세기 기생의 음악사회사적 연구」, 『한국음악연구』 29호, 한국국악학회.

권행가(2001), 「일제시대 우편엽서에 나타난 기생 이미지」, 『한국미술연구소』 12호, 미술사논단.

김광해(1998), 『일제강점기 대중가요 연구』, 박이정.

김영무(1998), 『동양극장의 연극인들』, 동문선.

김영희(1999), 「일제시대 기생조합의 춤에 대한 연구 - 1910년대를 중심으로」, 『무용예술학연구』 제3집, 한국무용예술학회.

김진송(1999), 『서울에 딴스홀을 허하라』, 현실문화연구

김창욱(2004), 「일제강점기 음악의 사회사－신문 · 잡지(1910~1945)를 중심으로」, 『음악학』 11호, 한국음악학학회.

노동은(1995), 「노동은의 '알고싶다' － '妓生', 性女인가? 聖女인가」, 『음악과 민족』 제10호, 민족음악회.

노동은(2001), 「'최초' 란 사실인가, 허구인가」, 『노동은의 두 번째 음악상자』, 한국학술정보(주).

노동은(2001), 「북한음악- 북한음악여행은 가능한가」, 『노동은의 두 번째 음악상자』, 한국학술정보(주).

맹문재(2003), 「일제강점기의 여성지에 나타난 여성미용 고찰-1930년
　　　대를 중심으로-」,『한국여성학』제19권3호, 한국여성학회.

배연형(1992), 「일제시대의 오케음반목록(1)」,『한국음악사학보』제9집,
　　　한국음악사학회.

배연형(1999), 「이화중선 음반 연구(1)」,『한국음반학』제9호, 한국고음반
　　　연구회.

서기재(2003), 「전략으로서의 리얼리티. 일본 근대 '여행안내서'를 통하
　　　여 본 '평양'」,『일본어문학』16집, 한국일본어문학회, pp.86~90.

성경린(1997), 「다시 태어나도 아악의 길로II」,『한국음악사학보』, 한국음
　　　악사학보18집.

성기숙(2001), 「일제강점기 권번과 기생의 전통춤 연구」, 한국민속학회
　　　추계학술대회발표3.

송방송(2002), 「한국근대음악사의 한 양상」-유성기음반의 신민요-,『음악
　　　학』9집, 한국음악학학회.

송방송(2003), 「일제하판소리의 전승양상-근대 오명창을 중심으로-」,
　　　『판소리연구』제16집.

송연옥(1998), 「대한제국기의〈기생단속령〉〈창기단속령〉」,『한국사론』
　　　40호, 서울대국사학과.

이경민(2004),『기생은 어떻게 만들어졌는가』, 사진아카이브연구소.

이능화(1968),『朝鮮解語花史』, 신한서림.

이덕일(2005), 「망원과 현미경의 교묘한 이중주」,『글쓰기의 힘 : 디지털
　　　시대의 생존 전략』, 한국출판마케팅연구소편.

임영태(1989), 「북으로 간 맑스주의 역사학자와 사회경제학자들」,『역사
　　　비평 6호』

장영철(1998),『조선음악명인전(1)』왕수복, 평양, 윤이상음악연구소.

전영선(2002),『북한의 문학예술 운영체계와 문예 이론』, 역락.

정영진(2001), 「일제강점기 유행가의 음악사회학적 연구-폴리돌(Polydor)
　　　음반을 중심으로-」,『음악과 민족』21호.

佐藤健(역:황달기)(1996), 「그림엽서의 인류학」, 『관광인류학의 이해』, 일
　　　신사.
최동현(1997), 「유성기 음반 회사에 관하여」, 『일제강점기 유성기 음반 속
　　　의 대중 희극』, 태학사.
최창호(1997), 『민족수난기의 가요들을 더듬어』, 평양출판사.
최창호(2000), 『민족수난기의 대중가요사』, 일월서각.
통일부(2005), 『북한의 이해2005』, 통일부 통일교육원.
편찬위(1990), 『조선대백과사전』 4권, 평양, 백과사전출판사.
황금찬(2004), 「노랫말에 얽힌 30년대 문단 삽화」, 『시인세계』
황문평, 『夜話 歌謠60年史』, 전곡사, 1983.

● **미주 목록**

1) 이덕일, 「망원과 현미경의 교묘한 이중주」, 『글쓰기의 힘 : 디지털 시대
　　의 생존 전략』, 한국출판마케팅연구소 편, 2005, p.205
2) 『삼천리』 제7권 제10호 1935. 11. 1 白樂仙人 〈現代『長安豪傑』 찾는(座
　　談會)〉 10월 15일의 따듯한 深秋 1일 시외 성북동의 「銀碧莊」 樓上에서
　　개최
3) 장영철(1998), 『조선음악명인전(1)』 왕수복, 평양, 윤이상음악연구
　　소, pp.346~347.
4) 장영철(1998), 『조선음악명인전(1)』 왕수복, 평양, 윤이상음악연구
　　소, pp.342~343.
5) 장영철(1998), 『조선음악명인전(1)』 왕수복, 평양, 윤이상음악연구
　　소, pp.342~343.
6) 윤두성은 훈도(訓導)로 순안보통학교로 1928년에 옮긴다. 『조선총독
　　부및소속관서직원록』 1927년도 「평양명륜여자공립보통학교」 訓導(월
　　60)

7) 金如山 『歌姬의 藝術 · 戀愛生活』, 『삼천리』 제7권 제5호 1935. 6. 1,
    pp.139~145.

8) 『삼천리』 제7권 제5호 1935.6. 1. pp154-169.

9) 1927년 12월 20일에 平安南道, 箕城妓生養成所創立를 하였다. 『한국
    여성사』 부록, 이화여대 한국여성사 편찬위원회, 이화여대 출판부,
    1978, p.76

10) 장영철(1998), 『조선음악명인전(1)』 왕수복, 평양, 윤이상음악연구
    소,pp.342~343.

11) 草士, 「西道一色이 모힌 平壤妓生學校」, 『삼천리 제7호』 1930. 7. 1

12) 「平壤妓生學校求景, 西都 平壤의 花柳淸調」, 『삼천리』 제6권 제5호
    1934. 5. 1

13) 본관지 淸州, 현주소 平安南道 平壤郡 大興部 四里, 학력 1881년 入學
    家塾, 경력및활동 1906년 8월 31일 任軍部主事 判任七級, 『대한제국관
    원이력서』 20책 529.

14) 「김군의 적재(適材)적임(適任)」, 『동아일보』 1922. 2. 5

15) 제9회 조선미술전람회는 1930년이다.

16) 1906년 인재양성과 민중의식개혁을 목적으로 조직된 애국계몽단체
    인 서우학회(西友學會)는 평안도 · 황해도 출신의 지식인이 중심이
    되어 대한자강회(大韓自强會) · 국민교육회 · 기독교청년회와 무
    관 · 언론인 집단 등을 기반으로 조성되었다. 박은식(朴殷植)을 비롯
    한 12명의 발기인 중에 김유탁(金有鐸)이 들어가 있다.

17) 김영순(2003 탈북한 북한 인민군협주단 무용교원) 인터뷰와 탈북한
    평양무용대학 성악교원 이정숙 증언

18) 「기성권번, 취입 불가」, 『조선일보』 1934. 10. 7일자

19) 장영철(1998), 『조선음악명인전(1)』 왕수복, 평양, 윤이상음악연구소,
    pp.345~346.

20) 최창호(2000), 『민족수난기의 대중가요사』, 일월서각, pp.78~79.

21) 최창호(1997), 『민족수난기의 가요들을 더듬어』, 평양출판사,

p.90~91.

22) 金基玹, 『삼천리』 제7권 제10호 1935.11.1 「왕수복의 부른 '孤島의 情恨'의 作曲을 하고」, pp.153-155.

23) 「레코드계의 내막을 듣는 좌담회」, 『조광』,1939년 3월호. pp.314~323

24) 「레코드계의 내막을 듣는 좌담회」, 『조광』,1939년 3월호. pp.314~323

25) "공연윤리위원회와 방송윤리위원회에서 정한 월북 작가 가요 금지 목록에서도 「그리운 강남」이 광복 이전에 발표된 다른 유행가들과 함께 발견되고 있다. 일반인들의 통념상으로도 「그리운 강남」을 유행가로 보는 경향이 다분히 있었다는 것을 알 수 있는 예이다. "

26) "한편, 역시 복각음반으로 나와 있는 1943년판 「그리운 강남」은 가사가 폴리돌에서 발매된 것과 다소 다른데, 3절이 빠져 있는 것이 특히 눈길을 끈다. 그리운 강남을 못 간다거나, 발목이 상한지 오래 되었다는 구절은 보통 일제 식민통치에 시달리는 조선의 현실을 빗댄 것으로 해석되고 있으니, 유독 이 구절이 빠진 채 음반이 나왔다는 사실은 일제 말기 문화 암흑기의 상황을 반영하고 있는 것으로 볼 수도 있겠다."이준희,「추억의 음악감상실 가요114」.

27) 流行歌手 王壽福孃 : 「포리도루」 專屬 『매일신보』 1935. 1. 3

28) "오케이레코드에서도 김연월로써 이난영에게서 새 것을 찾으려는 팬들에게는 한 가지 새로운 쇼크를 준 셈이다." 聽又聽生, 「침체해가는 조선 레코드운명」, 『조광』, 1935. 11월호. pp.158~159.

29) 왕수복의 노래는 처음 출세작에 이기는 것이 아직 없는 것은 웬일인지 모르겠다. 선우일선도 「꽃을 잡고」 이후에 번뜻한 것이 없으니 여기에는 수련과 곡조 관계가 큰 모양이다 앞으로 노력하기를 바란다. 景三伊, 「레코드란 - 레코드가수고갈시대」, 『조광』, 1935. 12월호.pp.188~189.

30) 『조선중앙일보』 1935. 5. 30

31) 『삼천리』 제8권 제1호 1936. 1. 1 『人氣歌手座談會』 대담 · 좌담, pp. 129-141.

32) 『동아일보』1938. 11.23 동경지국발신

33) 정상진(2005), 『아무르만에서 부르는 백조의 노래』, 지식산업사, pp.158~161.

34) 정상진(2005), 『아무르만에서 부르는 백조의 노래』, 지식산업사, pp.158~161.

35) 북한, 『조선예술』1997년 8월호 누계 488호, 문학예술종합출판사. 수기(手記)

36) 북한, 『조선예술』1997년 8월호 누계 488호, 문학예술종합출판사. 수기(手記)

37) 『북한의 이해2005』, 통일부 통일교육원, 2005, p.207.

38) 북한, 『조선예술』1997년 8월호 누계 488호, 문학예술종합출판사. 수기(手記)

39) 德永勳美(1907), 『韓國總攬』, 東京, 博文館.

40) 서기재(2003), 「전략으로서의 리얼리티-일본 근대 ‘여행안내서’를 통하여 본 ‘평양’」, 『일본어문학』16집, 한국일본어문학회, pp.86~90.

41) 초사, 「서도 일색이 모힌 평양 기생학교」, 『삼천리』7호, 1930. 7. 1. pp. 37~39.

42) 「平壤妓生學校求景, 西都 平壤의 花柳淸調」, 『삼천리』 제6권 제5호 1934. 05. 01. pp. 171~121.

43) "평양 기성기생양성소 직원은 소장 1명, 학과교사 1명, 가무교사 1명, 잡가교사 1명, 음악교사 1명, 서화교사 1명, 일본창 교사 1명, 사무원 1~2명 등이었다. 입학금은 2원으로 당시 1원 50전이 1930년경 쌀 1 가마의 가격이었다. 학비는 1학년(1개월 단위) 2원, 2학년(1개월 단위) 2원 50전, 3학년(1개월 단위) 3원이었다. 또한 학기는 1년에 3학기로 1학기(4. 1~8. 31), 2학기(9.1~12. 31), 3학기(1.1~3. 31)로 구분되며, 매년 3월에 학기말 시험 통과해야 되었다."

44) 한재덕, 「기생학교에서는 무엇을 가르칠까」, 『모던일본』10권 조선판, 모던일본사, 1939.

 평양기생 왕수복 10대가수 여왕 되다

45) 송방송(2002), 「한국근대음악사의 한 양상」-유성기음반의 신민요를
　　중심으로-, 『음악학』9집, 한국음악학학회, pp. 325~421.

46) 現代人의 情緖를 캣취한 流行歌曲의 氾濫 : 「카페」의 소음에서 가정
　　의 음악으로, 레코드의 天下 『매일신보』1933. 12. 29

47) 金相龍 『歌手의 都 平壤』『삼천리』 제7권 제10호 1935.11.1pp. 241-
　　216.

48) 『삼천리』 제8권 제8호 1936.8.1 「三千里 杏花村」 "그 중에서도 선우일
　　선, 왕수복, 김복희, 최창선, 김은옥 등은 실로 조선 여류 레코-드 가수
　　계의 대표격이라 할 만하다. 조선권번 소속으로서는 오비취(吳翡翠),
　　김여란(金如蘭), 임명월(林明月), 김옥선(金玉仙), 김옥진(金玉眞), 장
　　향란(張香蘭), 고비연(高飛), 백운선(白雲仙), 이진홍(李眞紅), 이소향
　　(李素香), 곽향란(郭香蘭), 장옥화(張玉花), 조소옥(趙素玉) 등이 있었
　　다. 한성권번에는 김옥엽(金玉葉), 이죽엽(李竹葉), 조모란(趙牧丹),
　　백모란(白牧丹) 등을 헤일 수 있다."

49) 王平, 「歌手를 엇더케 發見하엿든나」, 『삼천리』 제8권 제11호, 1936.
　　11. 1. pp.184-188.

50) 王平, 「歌手를 엇더케 發見하엿든나」, 『삼천리』 제8권 제11호, 1936.
　　11. 1. pp.184-188.

51) 『삼천리』 제6권 제9호 1934. 9. 1. 레코드街 散步, p.79.

52) 고복수, 「가요계 이면사(8)」 1971. 12. 9. 중앙일보 『남기고 싶은 이야
　　기』

53) 두 기생 취입차 渡東, 컬럼비아 회사의 초청바더 『매일신보』1933. 5. 27

54) 『삼천리』 제7권 제10호 1935.11.1 「'거리의 꾀꼬리' 인 十大歌手를 내
　　보낸 作曲·作詞者의 苦心記」, pp.153-155.

55) 고복수, 「가요계 이면사(17)」 1971. 12. 20. 중앙일보 『남기고 싶은 이
　　야기』

56) "또 이 문예부 사람이 한 번 평양에 내리면 레코드 가수를 꿈꾸고 레
　　코드로 노래를 공부하던 기생들이 그 분을 옹위하고 참으로 특사 부

럽지 않은 대접을 하는 때도 있었는 듯 하지 않않었나? 그래서 여기서 선발된 가수는 레코드계 뿐 아니라 화류계에서도 일약 여왕이 되는 것이다. 이래서 이 가수를 에워차고 일어나는 로맨스도 있는 듯이 소문이 있었고 여러 가지 풍설은 결국 회사의 귀에 들어가 여기에 희생되는 천사(天使)가 많았었는 듯하다. 그런데 가수는 어떠한 경로를 밟았거나 한번 선발되고 보면 그야말로 그 회사의 여왕이요, 거리거리의 포스터 쇼윈도우 신문광고란에 그야말로 로마시대의 비너스보다도 더 높이 평가를 붙여서 선전하게 된다. 평양서 '나는 서울가오'하고 전보 한 장이면 경성역에는 한다한 중역까지도 출영을 나아간다. 이것은 물론 영업 정책인고로 결코 비난할 것이 못 된다. 그러니 가수는 제 자신이 어디서 오는 것인지도 모르는 자존심이 높아지지 않을 수 없다.(가수 중에는 진실되어 정말 노래로 살려는 사람도 많지만 어느 가는 말이다) 그래서 나중에는 자기 포만에 떨어서 노래는 타락하고 결국 회사의 절연장을 받게 되는 수도 있는 모양이다. 꿈 같이 가고 꿈같이 오는 가수의 행운은 길바닥에 떨어져 구르며 옛날 환호하던 팬들의 밝에 밟히는 가엾은 포스터와 같은 운명에 쫓긴 사람도 있었다. 자기의 레코드의 눈물겨운 옛 판의 노래를 들을 때 얼마나 이 세상이 헛됨을 깨달으랴." 七方人生,「조선레코드 제작내면-별천지의 그들을 에워싼 이야기」,『조광』, 1936. 1월호. pp. 256~257.

57) 金如山『歌姬의 藝術·戀愛生活』,『삼천리』제7권 제5호 1935. 6. 1, pp.139~145.

58)「伊太利 가려는 왕수복 歌姬」,『삼천리』제11권 제7호 1939. 6. 1,pp.118~122.

59) 김진송,『서울에 딴스 홀을 許하라』, 현실문화연구, 1999, pp.152~181.

60)『황성신문』, 1899, 3. 13.

61) 토수(吐手)를 말한다.

62) 최동현·김만수,「유성기 음반 회사에 관하여」,『일제강점기 유성기 음반 속의 대중 희극』,태학사, 1997. pp.44~45.

63) 김영무(1998), 『동양극장의 연극인들』, 동문선, pp. 163~164.

64) 김광해 외(1998), 『일제강점기 대중가요 연구』, 박이정, pp. 46 ~ 47.

65) 구원회, 「유행가수 지망자에게 보내는 글」, 『조광』, 1939년 5월호. pp. 310~313.

66) 노동은(2001), 「 '최초' 란 사실인가, 허구인가」, 『노동은의 두 번째 음악상자』, 한국학술정보(주), pp. 68~69.

67) 『삼천리』 제8권 제1호 1936. 1. 1 『人氣歌手座談會』 대담 · 좌담, pp. 129-141.

68) 고복수, 「가요계 이면사(19)」 1971. 12. 22. 중앙일보 『남기고 싶은 이야기』

69) 『풀잎』에서 "아내를 잃은 지 채 1년을 채우지 못했으나 그 한 해 동안의 적막…" 대목은 1940년 1월 27일 아내 이경원이 나이 27세로 세상을 떠난 것과 왕수복이 늦가을에 이효석을 만났다는 표현으로 산출된 시기이다.

70) 황금찬(2004), 「노랫말에 얽힌 30년대 문단 삽화」, 『시인세계』

71) 전영선(2002), 『북한의 문학예술 운영체계와 문예 이론』, 역락, p. 17.

72) 『북한의 이해2005』, 통일부 통일교육원, 2005, p. 197.

73) 전영선(2002), 『북한의 문학예술 운영체계와 문예 이론』, 역락, p. 35~36.

74) 『북한의 이해2005』, 통일부 통일교육원, 2005, p. 206.

75) 전영선(2002), 『북한의 문학예술 운영체계와 문예 이론』, 역락, p. 18~19.

76) 노동은(2001), 『북한음악- 북한음악여행은 가능한가』, 『노동은의 두 번째 음악상자』, 한국학술정보(주), pp. 68~69.

77) 북한, 『조선예술』 1997년 8월호 누계 488호, 문학예술종합출판사. 수기(手記)

78) 북한, 『조선예술』 1997년 8월호 누계 488호, 문학예술종합출판사. 수기(手記)

평양기생 왕수복
10대가수 여왕되다

2006년 9월10일 인쇄
2006년 9월 15일 발행

지은이 | 신현규
펴낸이 | 진성원
펴낸곳 | 경덕출판사
등록 | 2003. 9. 23 제 6-517
주소 | 서울시 성북구 정릉 3동 653-40
전화 | 02)909-2348, 912-0856
팩스 | 02)912-4438

www.bookkd.com

ISBN 89-91197-27-2 02810

가격은 뒷표지에 있습니다